棄婦逆轉嫁

下

風 文創 745

林曦照 著

風文創 745

目錄

第十二章

薛佑齡見薛佑琛轉開目光，不再理他，頹然地嘆了口氣。

對於薛佑琛剛才所說，還有另一件事要處理，薛佑齡渾不在意。他娘要害他大哥，被發現後受到重罰，此事已如此嚴重，還能再有什麼更嚴重的事？

薛柳氏站在軟榻邊，惋惜道：「若是事成後被發現，別說斷一隻手，就算斷雙手雙腳都無妨；日夜抄經，不再出家廟也沒關係。怎地就沒成？」

衛得遠冷聲道：「到現在竟還不知悔改？」

「我悔什麼？要說後悔，我也是後悔想了個如此隱蔽的法子下毒，直接下毒說不定就把他毒死了。呵呵呵，可惜啊！」

薛柳氏淒厲地笑著，腳下不穩，一個踉蹌，眼見就要摔倒。

薛佑齡起身一個箭步，上前扶住薛柳氏。「娘，小心著些。您別擔心，大哥現正在氣頭上，一會兒我再向大哥求求情。」

薛佑齡心知此事已定，薛佑琛從軍營回來，向來果斷，豈會朝令夕改？這安慰的話說得他自己也沒什麼底氣。

「不用向他求情，這事是我做的，後果我擔著就是。」薛柳氏道：「以後娘就走不出家廟了，想再弄死他，怕是沒可能了。」

薛佑璋往後挪了幾步，躲到角落裡，對突然的變故，嚇得幾乎不敢喘氣。

「侯爺，表小姐來了。」

「讓她進來。」薛佑琛道。

柳玉蓮走了進來，她見屋子裡不僅有薛柳氏、裘嬤嬤，還有薛家三兄弟，不禁怔了怔。反應過來後，她對眾人行了福禮。「給姑母請安，給幾位表哥請安。」

薛柳氏說道：「這是我們薛家的事，你喊個外人來做什麼？」

外人？柳玉蓮銀牙一咬，手指絞著短襦的衣角。

她投靠侯府，日日伺候著薛柳氏，到頭來竟還只是得她「外人」兩字。

「叫她來，是為了林家大小姐。」薛佑琛道。

「你現在提這個賤人做什麼？」薛柳氏說道。

薛佑齡心下狐疑，朗眉微蹙，轉頭看向薛佑琛。

「裘嬤嬤，妳據實說來。」薛佑琛道。

裘嬤嬤不敢遲疑，倒豆子一般，把柳玉蓮怎麼找到她、付了她大把錢財，讓她引開三夫人的丫鬟，又是怎麼騙三夫人喝下被下了藥的茶水，設計三夫人與下人私通的事，都毫無遺漏地說出來。

柳玉蓮心頭一驚，雙手不住地絞著衣角。她上前兩步，撲通一聲跪倒在薛柳氏跟前，眼角淌下幾滴晶瑩淚珠，她低聲啜泣，梨花帶雨。

「玉蓮冤枉，玉蓮家道中落，投靠侯府，幸虧姑母可憐玉蓮，收留玉蓮，讓玉蓮留在秀榮院。玉蓮不知裘嬤嬤為什麼要說謊，但玉蓮每日所思所想，就是想好好伺候姑母，怎麼會去陷害三表嫂？」

裘嬤嬤在地上跪走兩步，來到薛佑琛面前。

薛佑琛開了金口，只要她說出原三夫人被誣陷一事，便可以留得一條性命，她聽柳玉蓮說她說謊，嚇得立刻為自己辯解。

「老奴說的都是真的，老奴不敢說半句謊話，當初三夫人確實是被表小姐構陷的。表小姐這麼做，是為了侯府三夫人的位置。

「表小姐見三夫人不受寵，便想取而代之，她每日討好老夫人，一邊又陷害三夫人，便是妄想著有一天自己可以做侯府三夫人。侯爺，老奴說的都是真的，老奴沒有半點隱瞞。」

「哈哈！」薛柳氏又笑了幾聲，嘴角掛著譏誚。「原來如此，妳們二人好啊！」

「一個是我好心收留的親戚，」薛柳氏垂眸，看著地上哭哭啼啼的柳玉蓮。「我見妳模樣周正，人又伶俐，就是身世可憐了些，就留妳在秀榮院裡。妳在秀榮院也算是錦衣玉食，吃穿從不短了妳的，還經常給妳貴重衣料和首飾頭面。沒想到妳竟然拿著我給妳的財物，背著我在府裡做出下作勾當。還欺瞞我、利用我打發走林氏，我倒是小看了妳。」

薛柳氏嗤笑一聲。「妳還妄想我兒佑齡，妳也不看看，妳是什麼東西，原來的三夫人再不濟，也是林相府的大小姐，妳是誰？哪裡配得上佑齡？就算原來的三夫人被休了，佑齡要續弦，又哪裡輪得到妳？」

柳玉蓮跪在地上，低著頭，露出一截潔白的頸子，眼淚像斷了線的珍珠般，滴滴答答落在地上，讓人看著便心生憐意。

然而，她心中卻是恨極。

她原本只是小門小戶，若沒有來侯府見過世面也就罷了，可到了侯府後，她見識到了鐘鳴鼎食的簪纓世家，是如何奢華富貴、如何高高在上，她怎麼還會甘於做個寄人籬下的表小姐？

是啊，她算是個什麼東西？她姑母不過是見她生得好看，又會討好人，就把她留在身邊，何時真的把她當家人了？

她每日給她姑母捶腿捏肩、端茶送水，到頭來，還不是只得一個「外人」的稱號。

她也想做這個侯府真正的主子。

心中充滿恨意，卻不能表現出半分，柳玉蓮哭得我見猶憐。「姑母，玉蓮沒有，都是裘嬤嬤胡說的。」

「老奴所說，句句屬實。」裘嬤嬤心急如焚，就怕薛佑琛不相信，要取她性命。

「還有妳！」薛柳氏指著裘嬤嬤。「我待妳不薄，南陽侯府上下，妳是最得我信任的，我一直以為妳是個忠心的，不承想妳先是幫玉蓮那賤蹄子騙我，後來又出賣我。我眼瞎，怎麼會以為妳忠心耿耿？是我眼瞎啊！」

她譏誚說道：「妳二人是我身邊最親近的人，到頭來一個一個竟是這樣，妳二人好啊！」

薛佑齡怔怔的，看著跪在薛柳氏腳邊的柳玉蓮，有些反應不過來。「她是被陷害的？這、這是真的？」

「不，不是真的，是假的，小表哥啊，你別聽裘嬤嬤的話，她是瘋狗咬人──」柳玉蓮轉了方向，抱住薛佑齡的皂靴，淚水落在皂靴上，成了一灘水漬。「小表哥，你不能只聽裘嬤嬤一面之詞啊！」

「老奴所說千真萬確。」裘嬤嬤只顧著性命，完全不理會薛柳氏的指責。「老奴想起來了，老奴還有人證。」

「說。」薛佑琛沈聲道。

「就是那個姦夫。」裘嬤嬤說道：「那姦夫叫齊福生，是侯府的園丁，三夫人被發現的那間廂房就在小林子的旁邊，那齊福生在林子裡修剪竹枝，很容易就能去那間廂房。

「表小姐無意中跟老奴提過，那齊福生也是收了表小姐的財物，才答應配合著一起陷害三夫人的。」

薛佑琛劍眉一凝。「齊福生？」

「是。事發後，齊福生被打了個半死，被趕出府去了。」裘嬤嬤道：「但表小姐給他的財物，是他一個園丁幾輩子也賺不到的。受了一頓打，養好身子後，就可以過上好日子了。」

「妳可知那齊福生現在在何處？」薛佑琛道。

「知道。」裘嬤嬤忙道：「在丁口巷最裡面，和他老娘住在一起。」

「得遠，」薛佑琛道：「把那齊福生抓過來。」

「是，侯爺。」

衛得遠離開後，薛佑琛一步一步走向柳玉蓮。

柳玉蓮雙手絞著帕子，眼淚從眼角流出，這回真是嚇哭了。

薛佑琛走到柳玉蓮面前，柳玉蓮身子一歪，沒了聲響。

仲子景上前檢查了一番。「侯爺，人還有氣，應該是嚇暈的。」

薛佑琛掃了眼地上的柳玉蓮。「去弄盆冷水來。」

「是。」仲子景領命離開。

薛佑齡心頭震驚，事到如今，他還有什麼不明白的？林舒婉是被人陷害的，陷害她的人正是裘嬤嬤和柳玉蓮。

而他被他們所蒙蔽，冤枉了林舒婉。

他口中喃喃道：「竟是如此……竟是如此……」

「三弟。」薛佑琛道。

「大哥？」薛佑齡回神。

薛佑琛說：「你可知道對女子而言，與人私通是多大的罪名？你覺得一個女子聲名狼藉，可還活得下去？」

薛佑齡怔怔的，面對薛佑琛的質問，無言以對。

他動了動唇。「大哥……」

「這本是你後院的事，」薛佑琛道：「今日，若非我發現裘嬤嬤欲毒害我，而裘嬤嬤又招供了柳氏陷害林大小姐的事，她到現在還蒙受不白之冤。」

「此事是佑齡失察。」薛佑齡道。他身為薛家三房的當家人，理應查明真相，但他卻沒有。也許是因為他心中對她不喜，本就對她存有偏見，所以未及細查，就匆匆定了她的罪。就算他不喜歡她，但她確實是無辜的，他不僅沒有替她洗刷冤情，還以不守婦道之名，將她休出侯府。他雖不是故意害人，卻也因此將一個無辜女子，推入萬劫不復之地。枉讀聖賢書。

薛佑齡頹然嘆氣。「是佑齡的不是，是我害了她，也不知道她現在在何處，過得如何？」

薛佑琛鳳眼一睜，冷冷盯著薛佑齡。

薛佑齡見薛佑琛目光帶著寒意，唇顫了顫。「大、大哥……」

薛佑琛垂下眼，視線落在地上。「遭遇了這種事，想來日子過得極為不好。」

「大哥說得是。」一個女人碰到這種事，怎麼可能過得好？薛佑齡心中暗自決定，那他便想辦法彌補。

兄弟二人說了一會兒話，仲子景端了盆冷水進來。

「潑醒。」薛佑琛道。

「是。」仲子景應了一聲，端著臉盆朝柳玉蓮身上一潑。

冬日的冷水都澆在柳玉蓮的臉上，連帶著衣裙也濺濕不少。

秀榮院的西廂房雖說是燃了炭盆，但畢竟是寒冬臘月的深夜，一整盆冷水澆下來，柳玉蓮立刻一個激靈，清醒過來。

「侯爺，齊福生來了。」

恰在此時，門口響起衛得遠的聲音。

「帶進來。」薛佑琛道。

衛得遠捏著齊福生的後頸，把他推進廂房中。

「侯爺，我去丁口巷找到他的時候，他正在被子裡和相好的快活著，兩個人的聲音呀呀啊啊的叫得真響，我把這齊福生從被窩裡拎出來，他應該是受了不小驚嚇，也不知道他那話兒有沒有被嚇得不中用了？」

「爺饒命，幾位爺饒命啊！」齊福生哇哇喊著。

衛得遠皮膚黝黑，高大粗壯，又是軍營裡歷練出來的，身上自有一股煞氣，凶起來也像凶神惡煞似的。

齊福生從溫柔鄉裡被衛得遠揪出來，已是嚇破了膽，現下只會滿口喊饒命。

「與三夫人私通？」薛佑琛正要繼續發問，卻被薛佑齡搶先一步。

薛佑齡走到齊福生跟前。「當初我問你的時候，你跟我說，你和三夫人約好了私會，你現在還有什麼話要說？」

「三爺饒命，小的是一時鬼迷了心竅……」齊福生道：「是表小姐拿著錢財引誘小的，小的家裡窮慣了，從沒見過這麼多財物，這才做了錯事。三爺，求您念在小的初犯，就饒了小的。」

薛佑齡閉了下眼。「我當初怎麼會被你這樣的小人蒙蔽了眼？」

他搖搖頭，自言自語輕聲道：「也怪我自己心瞎。」

他扭過頭，站到柳玉蓮跟前。「為何要這麼做？」

柳玉蓮抱住薛佑齡的皂靴，哭得悽慘。「小表哥，我這麼做是因為、是因為，我心裡愛慕小表哥，我是因為情意，才做了糊塗事。」

柳玉蓮別開臉，頭微低著，睫毛輕顫，一副嬌羞之色。她卻不知，自己現在髮髻又亂又濕，鬢髮黏在臉上，水沿著鬢髮滴滴答答淌下來，身上的衣衫也是濕答答、黏糊糊的，她這副模樣不是楚楚可憐，而是狼狽不堪。

「我受不起。」薛佑齡平日溫和的聲音，現在冷得讓人彷彿掉入冰窖。

柳玉蓮打了個哆嗦。「小表哥，看在我一片真情的分上，就原諒我吧。」

薛佑齡轉向薛佑琛。「大哥，你是一家之主，你看這柳氏怎麼處置？」

「同老夫人一起，送入家廟，削髮為尼，終日抄誦經文。」薛佑琛道。

「聽大哥的。」薛佑齡道。

「什麼？」柳玉蓮失聲驚道：「削髮為尼？不，我不想出家，我不想抄誦經文，我還要找個好人家嫁人的。小表哥、侯爺，求求你們，別讓我出家！」

薛佑齡沒有理睬她，沈默地站到一邊。

薛佑琛則淡漠地別開目光。

「侯爺，您答應過老奴，要留下老奴性命的……」這時裘嬤嬤抬頭道，生怕薛佑琛反悔。

「我答應的自然會做到，」薛佑琛道：「不過我只答應留妳性命，並未答應就此放過妳。今日妳也一起去家廟，日後便和柳氏一同陪老夫人在家廟抄誦經文。」

「呵呵！」薛柳氏笑了。「好個南陽侯，誰要她們陪我？一個深得我信任，卻欺瞞背叛我；一個得我好心收留，卻妄想我兒，你是讓她們來陪我，還是讓她們來噁心我的？叫她們走，不要擾我清修。」

薛佑琛抬了下手。「都送到家廟去。」

「老、老夫人……」裘嬤嬤戰戰兢兢喊了一聲，換來薛柳氏怒目而視。

「侯爺，老奴不想去家廟，老夫人定不會放過老奴的。」
「我不出家，我的親事還未定！我知錯了，知錯了——」

旭日初升，又是一日。
薛佑齡正在國子監迴廊上，往教舍的方向走。
他是國子監的老師，現在正要去教舍給學生們上課，然而，他卻心不在焉。
昨夜侯府發生了重大變故，他徹夜未眠。
他的母親已被送到家廟，他也知曉他的原配夫人是受了冤屈的。
他不喜這件婚事，婚後把她丟在聽濤院裡，不聞不問，當作沒有她這個人，眼不見為淨。可即便如此，他也沒有想過要害她。
他信奉仁善之道，自詡此生從沒做什麼虧心事，但此刻，他卻心生愧疚。
既然是他的過失，那他就要想法子來彌補，大不了把她重新娶回侯府，日後與她相敬如賓就是。
想到此，薛佑齡止住腳步，在迴廊上轉過身，原路返回。
他向國子監祭酒告了假，回了侯府。
回到侯府後，薛佑齡徑直進了聽濤院，喊來管事嬷嬷路嬷嬷。
「三夫人被休那日，林府的人把她接回去了？」

路嬤嬤心裡奇怪，三夫人一向不得寵，現在又被休了好幾個月，怎地三爺突然問起三夫人了？莫不是三爺發現她以前偷偷剋扣三夫人的吃穿用度？路嬤嬤給自己捏了把汗。

「林府把她接回去了？」薛佑齡見路嬤嬤不回答，便又問道。

路嬤嬤不敢再遲疑，立刻答道：「回三爺，林相府沒有主子過來，就派了個嬤嬤過來接人，老奴記得那嬤嬤姓秦。當時三夫人暈倒了，秦嬤嬤是從老奴手中接過三夫人的。老奴聽那秦嬤嬤的意思，林府沒打算把三夫人接回林相府，而是直接送到林相府外面的小宅子裡。」

「妳可知那小宅子在何處？」薛佑齡問道。

「那宅子在織雲巷的最裡頭。」路嬤嬤道。

「好，妳退下吧。」

薛佑齡吐出一口氣，握了下拳。

他快步走出屋門，窄腰上掛著的白玉珮左右搖晃。

他要去找她。

織雲巷離南陽侯府不遠，薛佑齡走得快，不多時，他便轉進了織雲巷。

走到巷口，他腳步一頓，目光落在旁邊雙福面的紅漆木門上。

木門關著，簷下一塊小匾額，匾額上工工整整寫著四個字——「織雲繡坊」。

他抬頭朝上看，遠遠的，可以看見院子裡兩層樓房的屋頂。

他敬慕林小娘子，一直想到織雲繡坊見一見林小娘子，但礙於林小娘子的寡婦身分，他心中多有顧忌，恐貿然前來，有損她的名節。

對於林小娘子，他只敢在心裡想，卻從不敢真的過來找人。這還是他第一來到織雲繡坊的門口。

薛佑齡無奈地搖搖頭。想不到他第一次到織雲繡坊的門口，竟是為了尋找前妻。罷了。

薛佑齡正待提步要走，織雲繡坊的院門突然打開了。

從院門裡走出幾個年輕的繡娘，每人手裡都捧著幾件成衣，看樣子是要去送貨的。

幾個繡娘一邊從院門走出來，一邊說著話。

「這都有好幾日了，林小娘子還沒有回來。」紫衫繡娘說道。

「被娘家人帶回去了，怕是沒那麼容易回來，說不準以後都不回來了。」青衫繡娘道。

「那是，畢竟這麼高的門第。」紫衫繡娘道：「妳說，這麼高的門第，怎地之前不把她接回去？讓她一個高門大小姐就這麼流落市井，現在為何又把她接回去了？」紫衫繡娘道。

「我又不是高門大戶裡出來的，聽說這種高官顯貴家裡，彎彎繞繞的事多得很，誰知道？」青衫繡娘道。

「說起來，我之前也知道林小娘子是大戶人家出身的，但沒想到她家門第竟這麼高。」紫衫繡娘瞪著眼，一臉不可思議的模樣。

「是啊，我聽說的時候，還以為自己聽錯了。沒想到我竟每日都能看到丞相和郡主的女兒。她是姓林，可天下姓林的那麼多，誰能想得到？」

「聽說林小娘子是因為和下人私通，才被夫家休了的，還是什麼侯府的。」紫衫女子接著道：「倒是看不出來，林小娘子竟是個放浪的。」

「別瞎說。」旁邊一直沒有說話的綠衫女子道：「林小娘子不是這樣的人，妳們剛才也說了高門顯貴，府裡彎彎繞繞的事多，林小娘子定是被誤會了。」

「綠珠，這可不一定，知人知面不知心，若非通姦這樣的大事，高門顯貴怎麼會隨意休妻？」紫衫女子反駁道。

「妳莫要胡亂編排林小娘子，我是相信林小娘子的。」那綠衫女子正是織雲繡坊的繡娘綠珠。「林小娘子是怎樣的人，繡坊上下誰不知道？她幫過我，還幫了春燕、春妮，繡坊裡誰沒有受過她的恩惠？若非林小娘子，妳每月能拿這麼多的月例？說話做人，摸摸良心。」

「妳凶什麼啊？我也就是這麼一說……」紫衫女子被說得面色有些尷尬。「我這不也是聽別人說，才胡亂說幾句嗎？」

「事關名節，怎麼能胡亂說？」綠珠質問。

青衫女子連忙當起和事佬，打著哈哈道：「哎呀，姝娘也就是隨口一說，出口沒有過心的，不是故意詆毀林小娘子。林小娘子為人端方，我也覺得她不會做出這樣的事來。綠珠妳也莫生氣了，都是繡坊裡的繡娘，不要傷了和氣。」

說話間，幾個繡娘已經走出繡紡，她們都注意到站在路邊一動不動的薛佑齡。

幾人都朝薛佑齡看去，又紛紛收回目光，加快步子往外走。

走出一段距離後，幾個繡娘湊在一起說話——

「看到剛才那人了嗎？一直盯著咱們看。」

「長相周正，衣著也華貴，倒也不凶，就是呆呆的，不像個正常的。」

「莫不是哪家富貴人家的子弟得了失心瘋，偷跑出來了？」

「最近盡是些奇事怪事，咱們快些走。」

薛佑齡呆立在織雲繡坊門口。

林相府的大小姐……丞相和郡主的女兒……和下人私通，被侯府休了。

他敬慕的林小娘子，原來就是被他冤枉了的原配夫人。

一把巨大石錘狠狠砸到薛佑齡的心上，震得他心頭發懵，耳邊嗡嗡作響。

他在織雲繡坊門口站了許久，才終於反應過來。

此去經年，應是良辰好景虛設。便縱有千種風情，更與何人說。

原以為她寫出這樣的詩詞，是為了思念自己的亡夫，然而她根本不是寡婦，更沒有亡夫，只有冷落她三年的夫婿。

這詞句飽含深情，字字血淚，是因為他讓她夜夜獨守空房嗎？

薛佑齡想起他和她的婚事，也是源於私通，不過是別人誤會他和她私通。

他不喜這樁婚事也是因為這是他人生的污點，讓他想都不願去想。

他和她根本沒有私情，當時他去林相府赴宴，應該是她在府中用了手段，設計陷害了他，讓旁人以為他們有私情。

她當時這麼做，應該是出於愛慕他，想嫁他。她也成功嫁給了他，而他也因為她使的手段厭惡了她。

她是一直愛慕著他的。

薛佑齡調轉方向，往南陽侯府的方向疾走。

路邊街景、街上行人，他都視若無物，就是不小心撞到了人，也顧不上道歉。

「你這人怎麼回事？撞了人也不知道個歉，趕著去投胎啊！」

薛佑齡不管身後傳來的叫罵聲，繼續快步而行。

片刻工夫，他又重新回到南陽侯府。

他走進臥房，從櫃子裡取出一個刻折枝花紋的紅漆匣子。他打開匣子，小心翼翼地從裡頭取出一沓宣紙。

宣紙上寫滿了字，是他的字跡，這些都是他從團扇上抄下來的詩詞。

修長的手指摩挲宣紙上的字，好像是要從指尖感受她的愁思和情意。

五味雜陳。

甜的是，他心裡的女子也愛慕著他，他和她兩情相悅。

苦的是，她在他身邊的時候，他沒有在意她，直到她離開侯府，他才發現她的才華，為她動了情，他和她陰差陽錯。

現在仔細回憶，他只記得她嬌嬌柔柔的身影。記憶中，她應是生得嬌美好看，但具體的面容卻是模模糊糊。

悔的是，她嫁他三年，他沒有好好待她，更冤枉她與人私通，把她休了，害她不淺。

急的是，他究竟該如何才能和她破鏡重圓，再續前緣？

如何才能？

薛佑齡把宣紙重新放回匣子，鎖到櫃子裡，走出屋子。

他在迴廊上快步而行。

轉過迴廊轉角，因走得太快，他腳步煞不住，撞到了正闊步而行的薛佑琛。

薛佑齡向後退了一步，抬頭喊了聲「大哥」，便要繼續往前走。

薛佑琛眉心微斂。「怎麼走得這麼急？」

薛佑齡突然想到什麼似的，正要抬步的腳突然收回來。「大哥，你之前跟我說，你見過林小娘子？」

「怎麼問這個？」薛佑琛疑惑道。

「大哥，你怎麼不告訴我，林小娘子就是林相府的大小姐，我的原配夫人？」薛佑齡問得很急。

薛佑琛一怔。他終是知曉了，他早晚都會知曉的。

他別開目光。「我離京三年，之前從未見過林家的大小姐，當時我也不知道織雲繡坊的林小娘子，就是林相府的大小姐。」

「說得也是。」薛佑齡道：「既如此，佑齡便不打擾大哥了，佑齡還有急事要辦，先別過了。」

說罷便繼續向前走。

薛佑琛看著薛佑齡漸行漸遠的身影，鳳眸垂下，目光不知落在地面何處。他當時確實不知道，不過他前幾日已經知曉。

薛佑齡走出侯府，叫人備馬車。

他上了馬車，對車夫吩咐道：「去林相府。」

車夫馬鞭一揚，落在馬匹身上，車輪轉動起來。

林相府花園。

林庭訓和林竇氏並肩走著。

「這寒冬臘月的，花園中也沒什麼景致，只有幾株松木還綠著，這幾日也沒有下雪，連個雪景都沒有。」林竇氏道：「我估計再過幾日，梅花就要開了，到時候花園裡的景致就好看了。」

「是啊。」林庭訓沒怎麼在意林竇氏說的話，敷衍地應了一聲。

「等梅花開了以後，我再陪老爺一起到花園裡走走。」林竇氏接著道。

「好。」林庭訓應和。

林竇氏看出了林庭訓的心不在焉。「老爺，您還在為朝堂的事情憂心嗎？老爺不必擔心，舒婉都已經回來了，她生得貌美，靖北侯定會寵她的。等成了親後，我們林家和靖北侯便是親戚，靖北侯還能害老爺不成？」

林庭訓聽林竇氏說起這個，才改了剛才敷衍的態度，頷首道：「這樁婚事現在如何了？」

「靖北侯最近忙著隴西貪腐案的善後，還騰不出時間忙婚事。靖北侯派了管事嬤嬤來說，過幾日等他忙完手頭上的事，就找媒人上門提親，隨後三書六禮，就可以按部就班準備起來了。」

「這就好，不要出什麼岔子了。」林庭訓說道。

「怎麼會出岔子？老爺放心。」林竇氏道：「雖說舒婉已不是閨閣裡的姑娘家，靖北侯也只是娶續弦，但畢竟是侯夫人，該走的過場還是要走的，總是要費些時日。」

「這倒無妨，不出岔子就好。」林庭訓道。

「老爺，這婚事禮數繁雜，還需要些日子，但我們可以讓靖北侯同舒婉見上一面。」林竇氏說道：「您不如將靖北侯請到府裡來，見一見舒婉，這樣一來，您還可以和靖北侯說說話、喝喝酒，攀攀交情。」

「這法子好。」林庭訓稱讚。「就照妳的意思辦。妳真是為夫的賢內助啊。」

林竇氏柳眉微揚，柔柔道：「為夫君分憂，是青嫺分內的事。」

「好了，這花園也沒什麼好看的。」林庭訓道：「我這就回書房，給靖北侯下帖子。」

林庭訓和林竇氏正要往回走，一個婆子走了過來。「老爺、夫人，南陽侯府的薛三爺來了。」

「薛三爺？他怎麼來了？」林庭訓疑惑。「他可有說是為何而來？」

婆子搖頭。「薛三爺沒有說，只說有急事要找老爺。」

林庭訓想了想，道：「既然他已經來了，就請他到正廳去，跟他說我一會兒就來。」

「是。」婆子領了命便離開了。

林庭訓轉頭，對林竇氏道：「我去正廳見一見薛家老三，妳自己回屋。」

林竇氏眼珠轉了半圈。「我左右也無事，若是方便的話，我想陪老爺去正廳，也好給老爺和薛三爺端個茶水。」

林庭訓剛剛從林竇氏那裡得了結交靖北侯的好法子，心情正好，也不想駁了她，便道：「端茶、送水這種事自有下人會做，妳若是想陪我一起去，那便一起去，這薛家老三以前還是妳的女婿，沒什麼不方便的。」

林竇氏答道：「是，老爺。」

林庭訓和林竇氏走進正廳的時候，薛佑齡已經坐著等了。

他手邊的几案上，擺著剛剛林府下人給他沏的茶。

他心裡焦急，也沒顧上喝茶，見林庭訓和林竇氏進門，急忙起身迎上去。「岳父、岳母。」

林庭訓蹙了下眉。「岳父？薛三爺說笑了。」

對於薛佑齡，林庭訓心有不滿。

三年前，薛佑齡和林舒婉私通，讓林庭訓鬧了個大沒臉。幾個月前，薛佑齡又以不守婦道為由休了林舒婉，絲毫沒有顧及他的顏面，更連招呼都沒有打一聲，便直接行事，弄得滿朝皆知，讓他在朝中丟盡臉面。

薛佑齡被林庭訓這麼一說，臉上訕訕的，微紅著臉，改口道：「相爺、林夫人。」

「薛三爺，請坐。」林庭訓道。

幾人落坐，林庭訓問道：「薛三爺今日突然來訪，急著見老朽，是為了什麼事？」

「我確實著急，」薛佑齡道：「長話短說，今日前來是為了林大小姐的。」

「薛三爺，你已經休了舒婉，怎地今日又要為她而來？」林竇氏問道。

「是這樣的，」薛佑齡說道：「之前我以為她和下人私通，才將她休了。昨日我得知她是被人陷害的，是我一時失察，冤枉了她，所以，我今日前來，是特地來還她一個清白。」

林庭訓將手裡的茶杯猛地擱到小几上。「胡鬧！名節大事，怎麼能不查清楚就定案？你冤枉老朽的女兒，讓老朽的女兒背了這麼個莫須有的罪名，連帶著老朽也在朝中顏面盡失。」

薛佑齡站起身，雙手抱拳，對林庭訓行禮道：「林相教訓得是。陷害她的人，薛家已經懲處了。我這次前來，除了還她清白以外，也是來致歉的，對她所受的委屈，我也希望能彌補一二。」

「彌補一二？」林竇氏在旁邊插言。

薛佑齡站在林庭訓面前，躬身懇切道：「在下想重新求娶貴府大小姐，日後定會善待於她，不會再讓她受一絲一毫的委屈。」

林竇氏一怔，眼珠轉了一圈，心中暗道：休了就休了，冤枉了就冤枉了，這薛三爺怎地如此耿直，還上門道歉，還要重新求娶？

她朝薛佑齡瞥去，見他一表人才，又溫潤謙和，她知道他頗有才氣，又沒有世家子弟常見的不良嗜好，是個好夫君的人選。

現下，這薛佑齡正誠懇地向林庭訓求娶林舒婉。林竇氏看得出來，薛佑齡剛才說的話是真心的。

若是真的讓他娶了林舒婉回去，那他心懷愧疚，有心彌補，一定會對林舒婉極好。到時候婚後，夫妻二人琴瑟和鳴，舉案齊眉，林舒婉就可以過上舒心的日子。

林竇氏心中恨恨。林舒婉若是過上舒心的日子，那她就不舒心了。她豈能讓裴明珠的女兒快快活活地過日子？

想到此，她便使了個眼色給林庭訓，示意他不要忘了靖北侯的事情。

林庭訓心中思量。南陽侯府是有實權的世家貴族，論門第、權勢，比靖北侯府還要高上不少。若是沒有隴西貪腐案，南陽侯府自是一個極佳的聯姻對象。舒婉受到不白冤屈，如今洗脫冤情，重入薛家，倒也能成為美談。

但如今，他需要的不是錦上添花。他有把柄落在靖北侯手裡，他需要用舒婉和靖北侯聯姻。

第十三章

「薛三爺，休書上寫得分明，從此以往各自嫁娶，兩不相干。哪有休了之後，再娶回去的道理？」林庭訓道。

薛佑齡道：「相爺，破鏡重圓也是一樁美事。」

「薛三爺，那是戲文裡的說詞，您還當真了？」林竇氏道：「鏡子破了就破了，再修補也有裂痕，哪可能再恢復到本來的模樣？」

「林相，佑齡此番是真心求娶，若是相爺應允，佑齡明日便帶媒人來提親。」薛佑齡道。

「呵呵。」林竇氏輕笑。「薛三爺是聰明人，我們老爺是什麼意思，薛三爺聽不出來嗎？」

薛佑齡一頓。「林相，我是誠心求娶。」

林庭訓道：「薛三爺誠心求娶，老朽明白，但是小女既然已經離開侯府，豈能再回去？你和小女的這段姻緣已經過去了，日後老朽自會為小女再找一戶好人家。你以後也不要同旁人多說你和小女的這段婚事，以免被小女將來的夫君聽了去。」

「林相不允？」薛佑齡不甘心地繼續道。

「不允。」林庭訓道。

最後，薛佑齡離開林相府時，模樣頹然，失魂落魄。

傍晚，薛佑琛去林府找林舒婉。

他把林舒婉喊到假山山洞裡。

「侯爺？」

林舒婉見到薛佑琛，十分驚訝。

薛佑琛道：「我有事同妳說。」

「什麼事啊？」林舒婉疑惑道。

「妳在侯府時，被人構陷與人私通，此事已經水落石出了。」薛佑琛道：「我在查烙餅毒的時候，審問了投毒的袞嬤嬤，袞嬤嬤把妳被陷害的事一併招供了。」

薛佑琛把袞嬤嬤招供出柳玉蓮陷害林舒婉，以及夜審柳玉蓮的過程，都仔仔細細告訴了林舒婉。

「如今妳的冤屈也算是被洗清了。」

「竟然是柳玉蓮做的……」林舒婉嘆道。

作為一個現代人，林舒婉對名節並不十分看重，但背著原主狼藉的名聲，也實在不是一樁美事。

這件事能水落石出，還她一個清白，自然再好不過。

想想原主在南陽侯府時，過得十分悽慘，也沒有做什麼惡事，就因為三夫人這個身分，就被有心人惦記上了。

「侯爺，」林舒婉接著問：「你方才說在審乾糧毒的時候，裘嬤嬤招供了我的事，那烙餅上的毒也查清楚了？」

薛佑琛正色點頭。「查出來了。」

他又把薛老夫人派裘嬤嬤去投毒，以及其中細節都告訴了林舒婉。

林舒婉聽罷，嘆道：「有些人明明與你無冤無仇，卻眼紅你擁有的身分、財物，不惜害人。」

「我又豈會容她們得逞？她們現在的下場，也是咎由自取。」薛佑琛的語氣淡漠而平靜。

林舒婉點頭。若是有機會，她也會這麼做。

「烙餅毒能這麼快就查出來，還是多虧了妳的提醒。」薛佑琛說道：「我是得了妳的提醒，才想到去查看裝乾糧的囊袋，進而找出真凶。」

林舒婉淺笑。「要說謝，該是我謝你，你把柳玉蓮害我的事情查了清楚，我總算洗脫了罪名。」

她之前也曾想過為自己洗脫冤屈，找到害她的人，但是她一穿越來，就面臨生活困境，又被丟在市井裡，和林府沒了接觸，無法去找出事情的真相。倒沒想到薛佑琛為她查明了。

薛佑琛見林舒婉眸光瀲灩，笑容嬌美，喉結不由一滾，磁性的聲音在幽暗的山洞裡響起。

「妳知道，我所求的從不是妳的謝意。」

林舒婉一怔，猛地抬頭，撞見他修長的鳳眸中，映著夕陽的餘暉，清澈而柔和。

「妳說過不想把成親當作救命稻草，不想利用婚事……」薛佑琛頓了下，接著道：「我深以為然。我不急，等現在的事情結束，我再同妳提這件事。」

不等林舒婉回答，薛佑琛接著道：「還有一事，根據我的消息，裴展充已經看過信中所寫內容，有所行動應該就在這一、兩日。」

「好。」林舒婉道。她正等著裴展充過來，她也好跟林家算一算嫁妝這筆帳。

「時辰差不多了，我該走了。這個妳拿著。」薛佑琛道。

林舒婉低頭一看，是一個油紙包。

「我問了妳的婢女。」薛佑琛道：「她說，自從妳出了侯府之後，就很喜歡銀宵樓製的酥油餅，我到林相府的路上經過銀宵樓，便進去買了給妳送來。妳在相府吃得差，飯菜是不方便帶進來的，但帶幾個酥油餅進來還不成問題的。」

銀宵樓的酥油餅在京城很有名，畫眉買了一次，林舒婉吃過一次便喜歡上了。後來，畫眉就經常給她買回來。

對比剛才吃過的殘羹冷炙，這酥油餅香氣撲鼻，勾人饞蟲。他有心了。

「謝謝。」林舒婉道。

薛佑琛垂眸，目光落在她握著油紙另一端的手上。

素淨潔白，修長細膩，薛佑琛的腦子裡閃過一個念頭，若是每天都握著這隻手，在花園裡走上一圈，那這輩子也值了。

「時辰已晚，我該走了，入夜以後，相府會增加很多護衛，我出入就不方便了。」薛佑琛道。

「路上小心。」林舒婉道。

薛佑琛勾勾唇，似乎笑了笑。「我省得。」

又過了一日，林舒婉正坐在窗邊，手托著腮，心裡尋思著裴展充什麼時候能到林相府。

就在此時，門口傳來一個老僕的聲音。

「小姐，北敬王來了。」

林舒婉被婆子帶到林相府的正廳。

裴展充不是一般的貴客，而是當今天子的堂姪、三代內的皇親。他到林相府拜訪，林庭訓自是不敢怠慢。

此時，裴展充坐在正廳的主座，林庭訓帶著夫人林竇氏陪坐在下方。

林舒婉一進正廳，林竇氏便朝她招招手，笑盈盈道：「舒婉，妳舅舅來看妳了，快過來見禮，可莫再畏畏縮縮的，讓妳舅舅見了笑話。」

林舒婉蛾眉輕抬。畏畏縮縮？林竇氏一開口就指責她的不是。

裴明珠明豔照人，是裴展充敬重的長姊。此前裴展充之所以會對原主失望，便是因為原主沒有裴明珠的風華，而是畏縮怯懦，哭哭啼啼。

看來，林竇氏對這點倒是看得分明。

林舒婉不動聲色，對林竇氏應了一聲「是，母親」，便走到正廳中央，大大方方給裴展充行福禮。

「舒婉給舅舅請安。」

「不用多禮，快起來。」裴展充道。

「是，舅舅。」

林舒婉起身抬頭，看向裴展充。

裴展充今年已有三十五、六，但看著也就二十七、八，他同裴明珠長相相似，濃眉大眼，相貌堂堂。

他身上穿著團雲紋雲錦長袍，腰間繫了玉革帶，腳下是玄色革靴，革靴上也繡著精緻的團雲紋，和身上的袍子相呼應。竟是個風華無雙的王爺。

林舒婉心中暗道，裴展充相貌出眾，也不知裴明珠當年是怎樣的風華絕代？

裴展充看清林舒婉的模樣，不由愣了愣。眼前這個十八、九歲的年輕女子，竟像極了他姊姊剛出嫁不久的模樣。

這眉眼、這身形，都是像極。

原主和裴明珠本來長得十分相似，但相由心生，一個人呈現出來的樣子，同她的性格、脾氣有極大的關聯。原主性子膽小怯弱，和裴明珠相差極大，所以即便五官相似，給人的感覺差異也極大。

而如今身體換了芯子，沒了怯弱的裡子，舉止也不再畏畏縮縮。現在的林舒婉大大方方往那裡一站，便是亭亭玉立、氣度不凡。

裴展充心中暗道，到底是他姊姊的女兒，怎麼會差得了？

一定是以前年紀小不懂事，又沒有親生母親在旁邊教導，才顯得小家子氣。現在長大了，天生的氣度便掩蓋不住。

他幾年沒有見過這個外甥女了，感嘆當真女大十八變，讓他彷彿見到了當年風華正茂的姊姊。

想到裴明珠，裴展充心中柔軟下來，語氣也變得溫和。

「是舒婉啊，舅舅許久沒看到妳了，今兒就過來看看妳，妳也別站著了，快坐吧。」

「是啊。」林竇氏道：「舒婉，快坐吧，妳舅舅難得來一次，妳好好同妳舅舅說說話，還愣著做什麼？」

裴展充見林竇氏這個繼室對自己姊姊的後人態度這麼差，心中不喜，冷冷朝林竇氏掃了一眼。

林竇氏尷尬地噤了聲。

「到舅舅這裡來坐吧。」裴展充道。

「是，舅舅。」

林舒婉走到裴展充旁邊，在他下首的位置落坐。

見林舒婉徐徐走到自己旁邊坐下，裴展充又仔細看了看林舒婉，他發覺雖然林舒婉的五官和裴明珠相似，也同樣大氣端莊，但也有明顯不同之處。

裴明珠就像一顆明珠，光彩照人，美貌明豔。而眼前的外甥女卻更似一塊美玉，氣質高貴，沈穩靈秀，給人一種秀外慧中的感覺。

「舒婉啊，是我這個做舅舅的疏忽了，我許久沒有來看妳了。」裴展充道。

「沒有經常去看望舅舅，是舒婉的不是。」林舒婉道。

裴展充見林舒婉應對得體，心中更加歡喜。「妳近日過得如何？」

「回了林府，衣食都有，不用擔心食不果腹，衣不蔽體。」林舒婉道。

裴展充臉色微變。

在堂堂相府中，竟然只是「衣食都有」，不用擔心食不果腹，衣不蔽體。又不是災年的流民。

他朝林舒婉的身上看，衣裳是普通的錦緞，一看就知是洗過許多次的舊衣，面料的水頭還不如剛才跟著林竇氏的婆子。

裴展充是北敬王府的當家人，豈會看不出來，這林家定是苛待了他外甥女，還明目張膽。

真以為他外甥女沒有舅家嗎？

也怪他疏忽，這幾年都沒有關心外甥女，以至於讓林家這般肆無忌憚。

裴展充心裡自責，說話更加柔和。「舒婉，妳現在回了林府，每月月錢多少？今年冬天做了幾身衣裳？配了幾個婆子、丫鬟伺候著？」

林舒婉不卑不亢，一一回道：「舅舅發問，舒婉不敢隱瞞。回林府後，尚未有過月錢和衣裳，有配一個粗使婆子打掃起居。」

林庭訓和林竇氏面色微變，沒想到以前只知哭泣、連話都說不清的林舒婉，就這麼泰然自若地把自己的情況說了個清清楚楚。

「什麼？沒有月錢，不做衣裳？」裴展充面色一沈。「只有一個婆子伺候？」

裴展充轉向林庭訓。「林相，哪家的官家小姐是不給月例、不做衣裳的？哪家小姐身邊沒有一二三等的丫鬟和各司其職的婆子的？

「方才我進府的時候，見尊夫人身邊還有三、四個婆子丫鬟跟著。想來，沒有跟在身邊的還有不少。怎地到你們林府大小姐這裡，就只有一個粗使婆子，連個貼身伺候的丫鬟都沒有？」

林賓氏連忙道：「王爺誤會了，相府不比北敬王府富貴，我們相爺為官清廉，就靠這麼點俸祿，要養一大家子人，飲食起居自是比不上北敬王府的。

「您說這下人，我身邊確實有幾個下人，不過都是些管事嬤嬤，幫著我打理府中內務的，貼身伺候的也就一、兩個。我們相府人手不夠，舒婉又剛回來不久，我還沒有來得及撥丫鬟給她。」

林賓氏接著道：「衣裳也是有的。今年秋日，府裡統一採買了做冬衣的料子，那時舒婉還在侯府，就沒買她的。現在已經重新買了料子，正準備要給她做呢，做好了過年正好穿。還是妝花緞的料子，一疋料子就是十兩銀子。」

林賓氏絞了絞手裡的帕子，她確實買了妝花緞的料子，但那是買給她自己的，為了應付北敬王，她只能忍痛拿出來，真是割了她的肉。

「至於這月錢，自然也有，就是年末府裡要花錢的地方多，就把舒婉的月錢暫時壓一壓，等我們相爺發了俸祿再補上。」林賓氏說道。

林庭訓道：「王爺關心外甥女，林某了解，但是林府畢竟不是世家貴族，也不是皇親國戚，家中並沒有豐厚的家底。身為臣子，我就要為皇上分憂，為官更要兩袖清風，所以家中女眷的吃穿用度也比不過王府。

「不過方才王爺的提醒也不無道理，我和內人一時間也有所疏忽，缺了舒婉的，定會補上。」

裴展充端起旁邊小几上的茶盞，輕輕啜了一口。

他豈會被林庭訓幾句話就這麼糊弄過去？口口聲聲說林府家底不豐，那林竇氏和她身邊婆子身上的好衣料是從哪裡來的？合著清廉只清廉到她外甥女一人身上。

一時疏忽？分明是存心苛待。

林庭訓是真清廉還是假清廉，他不管，但是苛待他外甥女一人，他便不允。

他想到林舒婉給他寫的信，她生活困頓，求他帶著她母親的嫁妝單子到林相府來看望她。當時他心裡還覺得疑雲重重，現在過來一看，發現她竟是真的生活困頓。

好個林庭訓，當初他姊姊是怎麼對他的，他又是怎麼對她女兒的？

慢悠悠喝了半盞茶，裴展充心裡便有了計較。

他擱下茶杯。「原來如此，相爺品行高潔。」

林庭訓道：「林某不才，雖能力有限，但自詡還算清廉，只能委屈家中女眷了。對於舒婉，該補上的都會補上，不過和北敬王府，定是不能比的。」

裴展充心裡冷笑。「不知道林相和尊夫人打算如何安排舒婉的吃穿用度？」

林竇氏說道：「日後月錢每月三兩，每季五身衣裳，配上三個丫鬟、兩個婆子。」

林舒婉道：「說起來，我原本有個貼身丫鬟叫畫眉，我回府的時候，爹和母親只把我接回來，沒把我那丫鬟接回來。既然府裡缺人手，不如母親把我那丫鬟接回府裡，這樣可以省一個人手。」

「不錯，」裴展充道：「你們看看，舒婉雖年紀小，卻如此懂事，知道體貼父母不易。」

「好啊，那就把畫眉接回來。」林竇氏道。畫眉是林舒婉的貼身丫鬟，對林舒婉十分忠心，和林舒婉感情也很好。她讓秦嬤嬤把林舒婉帶回府裡時，特意吩咐不要帶畫眉回來，為的就是故意搓磨林舒婉，讓她孤立無援。等搓磨好了，讓她乖乖聽話，嫁到靖北侯府去。

沒想到，現在竟被林舒婉鑽了自己話裡的空子，要把畫眉弄回來。

當著北敬王的面，若是她反駁，豈不是打自己的臉？

林竇氏只好咬著牙應下來。

「月錢三兩、每季五身衣裳、三個丫鬟、兩個婆子，」裴展充說道：「差是差了些，也還算過得去，你們盡快給舒婉補上，莫要忘了，我過幾日再來看看。」

「是、是。」林竇氏應道：「王爺您這當舅舅的都提醒我們了，我們當父母的，還能忘了不成？王爺過幾日能再來我們府上，我們自是十分歡喜。」

林竇氏面甜心苦，一邊微笑應對裴展充，一邊暗自肉痛。

裴展充說道：「嗯，你們林府能給舒婉的也就這些了。不過舒婉畢竟是秀宜郡主的女兒。就這些，總還是差了些。」

林庭訓道：「王爺此話差矣。舒婉是明珠的女兒，也是我林庭訓的女兒，我們林府家底不厚，俸祿有限，我儘量給舒婉好的。再多的，也不能強求。王爺總不能讓我為了女兒，做一些貪贓枉法之事。」

裴展充笑了笑。「林相說笑了，我怎會強求？更不會要林相去貪贓枉法。」他端起茶杯。「本王說的是別的，就這些，確實配不上秀宜郡主女兒的身分。但也不用林府再給她什麼了。」

林庭訓疑惑。「王爺此話何意？」

裴展充輕啜一口茶，淡淡道：「本王說的是秀宜郡主的嫁妝。」

林庭訓和林竇氏俱是一愣。

裴展充接著道：「雖說林相已允諾給舒婉月錢、丫鬟和婆子，但林相畢竟清廉，不能給舒婉更多。這也無妨，家姊嫁到林家時帶了豐厚的嫁妝，這些嫁妝理當歸於舒婉。靠這些嫁妝，舒婉自可以過得更好。」

他又喝了一口茶，緩緩問道：「家姊的嫁妝是在舒婉手裡，還是由兩位代為保管？」

林竇氏臉上帶著客套的笑容。也不知這北敬王怎地突然想起裴明珠的嫁妝了？她且隨便說兩句糊弄過去再說。

「原來王爺是這個意思啊，姊姊的嫁妝都由相爺和我代為保管。舒婉她年紀小，我們也是怕她管不好。」

可裴展充偏不如她的意，刨根問底道：「還在你們手上？舒婉嫁到南陽侯府的時候，你們沒給她？」

林竇氏面有難色。「王爺，您也知道，當時出了不光彩的事情，舒婉也嫁得急，那些嫁妝沒來得及清點。」

裴展充臉色一沈。「剛才說沒有給舒婉丫鬟、婆子是來不及，這會兒說沒有給嫁妝也是來不及。從舒婉嫁到侯府算起，已三年有餘。三年多了，還不夠你們清點？」

見裴展充變了臉色，林庭訓也面色不豫。「今日北敬王好興致，倒是管起林某的家事來了？就算北敬王您是皇親國戚，也沒有管旁人家事的道理。」

「呵！」北敬王冷笑一聲。「我每日忙得很，對林府家事毫無興趣，也懶得管。但是，本王問的是家姊的嫁妝。家姊早逝，我是家姊的娘家人，來管管她的嫁妝，怎麼說都合情合理。」

「王爺，」林竇氏道：「我們只是暫時管著姊姊的嫁妝，等舒婉再出嫁時，便把這些嫁妝還給她。」

裴展充道：「舒婉早已及笄，而且三年前已經出嫁，又何須你們來代管？今日既然本王來了，你們就清點一下嫁妝，還給舒婉吧。」

「這……」林竇氏打著哈哈。「王爺莫要著急，這清點嫁妝也不急在這一、兩天，容我們花些時日慢慢清點，把姊姊的嫁妝清點明白。」

裴展充冷冷掃了林竇氏一眼，對林庭訓道：「世人皆知，林相雖出身寒微，但才華出眾，年紀輕輕便得皇上賞識，如今已是官拜丞相，輔佐皇上處理國事，是一介能臣，受百官敬仰。

「不過，若是被人知道，林相將原配嫁妝據為己有，霸占嫡女財物，朝堂上下會如何看待林相？」

林庭訓雙眸一睜。「王爺這是何意？」

「林相起於微末，能有今天，想必相當不易，其中辛酸怕只有林相自己知道。」裴展充道：「希望林相能愛惜自己的名聲，莫要因為嫁妝這點小事，將自己苦心經營的地位毀於一旦。」

林庭訓咬緊牙根。

他如今的地位確實來之不易，從孩童時期起，旁人在玩耍，他卻是寒窗苦讀，酷暑嚴寒，從不敢懈怠。

初入官場後，他沒有背景，到處受到白眼和冷遇。

後來，他和郡主成親。郡主對他的仕途多有助力，然而在家裡，面對自己的妻子裴明珠，他時有自慚形穢的感覺。他是男人，理應是一家之主，應該是女人對他言聽計從，可面對裴明珠，他卻要時時討好她，做小伏低。甚至，還有人在背後偷偷說他是吃軟飯的。

為了讓世人看到他的才華、能力，他拚了命地處理公務，曾經連續三天不合眼，處理衙門積攢的陳案。

終於，他的名聲漸起。

有郡主夫君的身分、岳家的助力，靠著自己的本事，他一步步到了今天的地位。

過往種種在林庭訓腦中一一閃過，他歷經千辛萬苦，只有一個念頭支撐著他——成為人上人，再不用遭受冷遇，再不用做小伏低，他要受世人敬仰。

如今，他已經得到了，豈能輕易放棄？

裴展充觀察了一下林庭訓，心中冷笑。

他不動聲色，繼續喝了口茶。「近日邊關戰事好轉，眼見我大周得勝在望，皇叔也心情大好，明日他還召我入宮，讓我陪他下盤棋。我同皇叔下棋時，通常會一邊下棋，一邊說話，若是說了什麼不該說的，林相也莫要怪我了。」

林庭訓心一沈。裴展充口中的皇叔不是旁人，正是當今天子。當今天子裴凌是裴展充的堂叔，裴展充這一聲皇叔也是叫得的。

林庭訓身上沁出了冷汗，若是皇上怪罪下來，豈是他可以承受的？

「王爺說笑了。」林庭訓說道：「明珠的嫁妝當然是要給舒婉的。方才內人說想要緩上幾日，也是想仔細清點。既然王爺說今日就要清點，那趁早不趁晚，今日便今日。」

說罷，林庭訓轉頭對林竇氏道：「夫人，妳即刻去把明珠的嫁妝清點出來。」

林竇氏咬著牙，應了下來。

回到廂房，林竇氏一屁股坐在榻上，神情陰沈。

秦嬤嬤見林竇氏面色不善，便問道：「夫人，您這是怎麼了？」

「裴展充竟然要我們把裴明珠的嫁妝拿出來，交給舒婉那小蹄子。」林竇氏恨聲道。

「竟然還有這種事？」秦嬤嬤道。

林竇氏不甘道：「把裴明珠的嫁妝給舒婉，這林府的家業豈不是剜走了一大半？如此一來，林舒婉這個喪婦嫡女豈不是要比勛哥兒這個嫡子還要富裕？」

林竇氏咬牙切齒。「林府上下全部的家業都該是勛哥兒一個人的。」

「夫人，您有什麼打算？」秦嬤嬤問道。

「現在還能怎麼辦？」林竇氏吐出一口濁氣。「當初，我就不該委屈自個兒來當續弦，我又不是找不到人家當原配。」

秦嬤嬤心中腹誹，要不是續弦，丞相夫人的位置哪輪得到妳？若是有和林相地位相當之人，以原配之位許給妳，妳還會來相府當個續弦？

不過這些話，秦嬤嬤當然只敢在心裡說說。

「我嫁到相府後，到處都是裴明珠的影子，府中的佈置是按照裴明珠的喜好來的，府中下人滿口都是秀宜郡主、秀宜郡主。每年我得給裴明珠上香磕頭，恭恭敬敬對著牌位叫一聲姊姊。還有林舒婉這個小蹄子，每日在我面前礙眼，時時刻刻提醒我，我是續弦，是來給人當繼母的。

「好不容易把林舒婉這小蹄子弄出去了，裴明珠的嫁妝也不了了之，現在怎麼來翻舊帳了？裴明珠都死了十幾年，怎地還陰魂不散？

「原本想著老爺是大周的相爺，位高權重，以後勛哥兒的仕途也可以順利些。這林府也有偌大一份家業，都可以傳給勛哥兒。可若要把裴明珠的嫁妝給林舒婉，這得是多少財物？」

「夫人，莫急，咱們再想想法子。」秦嬤嬤安慰道。

「裴展充是北敬王，老爺都無奈點頭了，我還能有什麼法子？」

「夫人，都是還嫁妝，也有不同的還法。」秦嬤嬤道。

「不同的還法？」林竇氏疑惑。「妳有什麼主意？」

「就像夫人剛才所說，秀宜郡主都死了十幾年，當初她的嫁妝究竟有多少，誰還記得清楚？」秦嬤嬤道。

林竇氏柳葉眼骨碌碌一轉，說道：「今日聽裴展充所言，他似乎是臨時起意來的。一時半會兒的，他怎麼搞得清楚裴明珠究竟有多少嫁妝？只要今天把他糊弄過去，這事就算結了。若是下次再來，我們就有理由不理他了。」

「夫人，您把那些大件的、不值錢的，都挑出來給大小姐，北敬王看到您給了大小姐許多東西，一定就滿意了。」秦嬤嬤道：「至於一些小巧的好寶貝，您就留下來。」

「說得有理。」林竇氏道：「走，跟我去庫房，把那些珊瑚盆景、紅漆櫃子、屏風擺件都取出來。」

「是，夫人。」秦嬤嬤道。

「其實這些大件的也值不少錢，給出去了一樣也是肉痛，但現在也沒有旁的辦法了。」林竇氏道：「妳去正廳請老爺來，裴明珠的嫁妝裡有一些字畫都在老爺那裡。」

正廳裡，裴展充和林舒婉說著話，林庭訓在一邊作陪。

裴展充和林舒婉隨意地聊著天，裴展充見林舒婉應對得體，就算談到邊關戰事，也能時不時提出自己的觀點，對林舒婉大為讚賞。

他心中不住地想，到底是他姊姊裴明珠的女兒，這種見識、才華，豈是一般閨閣女子可以比的？

他對林舒婉是越看越歡喜。

這時，秦嬤嬤走進正廳，對林庭訓稟告道：「老爺，夫人請您去一趟。」

「知道了。」

林庭訓揮揮手，把秦嬤嬤打發走，起身對裴展充拱了拱手。「王爺，我失陪一下。舒婉，妳好好陪妳舅舅說說話。」

裴展充道：「林相自便。」

林庭訓走出正廳，長長吁出一口氣，快步去找林竇氏。

林竇氏見林庭訓過來，立刻迎上去。「老爺，姊姊的嫁妝數目眾多，若是都給了舒婉，我們林府的財物便少了一大半。」

「那還能怎麼辦？今日真是晦氣。」林庭訓臉上陰沈沈的，不耐煩地說道：「別囉嗦了，趕快清點吧，早點把裴展充這尊瘟神送走。」

林竇氏見林庭訓臉色陰鬱，也不敢囉嗦，就道：「姊姊嫁妝中的字畫在老爺那裡，未得老爺應允，妾身不敢隨便亂動。」

林庭訓一聽，臉上更加不好看，沒好氣地道：「妳跟我來，我拿給妳就是。」

「是，老爺。」林竇氏道。

林竇氏跟著林庭訓進了書房，林庭訓從書櫃裡取出十幾幅字畫。

他看著這些心愛的名家字畫，一想到要把這些字畫給林舒婉，便心如刀割。

他將這些字畫打開，仔細看一遍，再依依不捨地合攏，交給林竇氏。「這些妳拿去。」

這時，他手裡還握著三、四幅字畫，那是他心愛之物，無論如何也捨不得給出去。

林竇氏捧過字畫，匆匆離開。

正廳裡，林舒婉見屋子裡沒有旁人，便對裴展充道：「舅舅，您有沒有把娘的嫁妝單子帶來？」

裴展充道：「帶來了，在我懷中。」

「一會兒還請舅舅拿出嫁妝單子，」林舒婉道：「外甥女想用這單子，核對娘親的嫁妝。」

「好。」裴展充頷首。

過了一個多時辰，林庭訓和林竇氏相攜著進入正廳。

「王爺，明珠的嫁妝已經清點好了。」林庭訓拱拱手，頗有名臣風度。「所有嫁妝都在花園裡擺著，還請王爺移步查看。」

裴展充淡笑道：「那麼快就把家姊的嫁妝整理出來，辛苦林相和尊夫人了。」

林庭訓雙手猛然握拳，手背青筋暴起，在廣袖的遮掩下，他的異樣沒有暴露在眾人面前。

他強穩心神，才沒有失態。

他淺笑了下，故作謙遜道：「哪裡、哪裡，之前沒有清點明珠的嫁妝，是我的疏忽，幸得王爺提醒。」

林竇氏站在旁邊，已經沒有力氣說話。

方才她眼睜睜見著一件件的什物從庫房搬到園子，彷佛一把鈍刀子，一刀一刀割她的肉。

「王爺請。」林庭訓說道。

「請。」

裴展充站起身，同身邊的林舒婉道：「舒婉，走吧，去看看妳娘的嫁妝。」

「是，舅舅。」林舒婉道。

眾人進了相府的花園。

蜿蜒的石板道路上，擺了幾十抬紅漆箱子，箱子外面還有不少擺件，因為太大，這些擺件裝不進箱子，便放到一邊。一眼望過去，竟有種看不到頭的感覺。

林庭訓站在路邊，雙手緊握。

林竇氏低頭站在林庭訓旁邊，又忍不住抬眼，看向那些排著隊的箱子和一件件精美擺件，她胸口一堵，喘不過氣，憋得她眼圈都泛紅，她急忙垂下眼，掩蓋失態。

林舒婉朝裴展充點了下頭。「還請舅舅把娘親的嫁妝單子拿出來。」

裴展充從懷裡取出一本摺子，摺子是紅底燙金的封面，足有兩寸厚。雖因年代久遠，顏色有些暗沈，但依舊可看出當年的喜慶和熱鬧。

林庭訓心裡咯噔一下，看著裴展充手裡的摺子，暗暗叫苦，沒想到裴展充竟帶了嫁妝單子。

林竇氏傻眼。這哪裡是什麼臨時起意？分明是有備而來！

「謝謝舅舅。」

林舒婉從裴展充手裡接過摺子，翻到第一頁，當著裴展充、林庭訓夫妻，以及所有在場僕人的面，大聲宣讀道：「古銅鼎一座、玉鼎一座——」

接著她問道：「在哪裡？」

旁邊有個庫房婆子應道：「大小姐，在那裡。」

林舒婉道：「好，帶我去核實。」

「大小姐請跟老奴來。」庫房婆子道。

林舒婉合上摺子，跟著庫房婆子去看看古銅鼎和玉鼎。

確認無誤後，林舒婉舉起摺子，重新打開，繼續朗聲高喊：「玉馬一匹、玉兔兩隻。」

「大小姐，請跟老奴來。」庫房婆子道。

核實無誤後，林舒婉繼續高聲唱讀。「漢玉壽星一尊——」

「珊瑚樹一尊——」

「玲瓏山水繡落地屏風一架——」

她每唱讀一項嫁妝，便有庫房婆子引著去核實一番。

前世林舒婉雖沒有參與自家企業的經營，但參與過幾次貨物盤點。盤點沒什麼技巧，就是要有耐心。

清點自己的財物，誰會沒有耐心？

裴展充不說話，只是表情嚴肅地立在一邊，淡淡看著。

嫁妝清點得十分順利，林舒婉每唸出一項嫁妝，庫房婆子就能找出一項嫁妝。

即便如此，林竇氏依舊心虛得冒冷汗，還是一邊心痛，一邊心虛。

林舒婉每報出一個物件名，林竇氏便想到這件東西從此以後與她無關，與林府無關，與她的勛兒也再無關係。

偏偏她心裡還知道，還有不少珍貴物件沒拿出來。照這樣看來，早晚會被發現，到時怎麼交代？是不是連剩下偷藏起來的寶貝也要保不住了？

幾種滋味夾雜著，像無數小蟲在啃噬她的心，難受得她幾乎暈倒。

「金累絲嵌紅寶石雙鸞點翠步搖——」林舒婉大聲道。

林竇氏一個激靈清醒過來。這支步搖是她心愛之物，用金累絲工藝製的，上面點了寶石、玉翠，形如雙鸞。

用料珍貴，手工精緻，形態逼真，栩栩如生，這麼珍貴的步搖，到金店都買不到。現在正在她梳妝檯的妝奩裡擺著，藏在最裡面的位置，她實在捨不得拿出來啊。

庫房婆子聽林舒婉報了這個名，遲疑了一下，翻了幾個箱子都沒有找到。「似乎沒有這件啊……」

林舒婉收起摺子，對林竇氏道：「母親，這金累絲嵌紅寶石雙鸞點翠步搖……」

林竇氏在心中罵了幾遍晦氣，卻也不能發作。「大概是漏了。」

裴展充道：「過會兒找出來，丟了的話，折成銀子，照價賠償。」

林竇氏一滯，緩緩吐氣，才道：「沒丟，應該沒丟，一時匆忙，還沒來得及找齊，我一會兒再找找。」

林舒婉笑咪咪的，一臉人畜無害。「母親到時候一定要仔細找找，這麼貴重的東西，通常不會丟的。」

「好、好，我再仔細找找。」林竇氏道。

林舒婉重新打開摺子。「金絲香木嵌蟬玉珠釵——」

庫房婆子找了一圈。「也沒有。」

林舒婉笑咪咪地道：「母親再找找？」

林竇氏差點咬到自己的舌頭。「我再找找、再找找。」

這珠釵底座是金絲木的，上頭點綴了玉蟬，玉蟬身體為羊脂白玉，翅膀是金片做的，金片薄如蟬翼，也是她的心頭好。

這一刀一刀不是剜她的肉，是刺她的心。

裴展充道：「嗯，仔細找找，找不到也只能照價賠償。」

林舒婉接著唸道：「青竹紋方端硯一方、青竹紋鎮紙一方——」

林竇氏在心裡吶喊，這是她留給勛兒的！

這硯臺是用上好的石材所製，雕刻是名家所為。

這鎮紙是翠玉製成的，通體碧綠晶瑩，毫無雜質，也由名家雕刻成翠竹形態。

這兩件都是書房中難得一見的寶物，是她準備送給勛兒，讓他練字用的。

林舒婉繼續勾唇。「母親，這兩件也再一起找找。」

林竇氏眼圈通紅。「一起找、一起找……」

「仔細找，找不到的話……」裴展充看向林竇氏，用目光表示「妳懂的」。

「仔細找，會仔細找的……」林竇氏喃喃重複。

林舒婉接著唸，唸了一大串，有些找到了，有些沒找到。

找到的是多數，沒找到的是少數，不過沒找到的都是十分貴重、有錢也買不到的珍寶。

每少一件，林舒婉便朝林竇氏笑咪咪地道：「母親，您再找找。」

裴展充便在旁邊補充。「找不到照價賠償。」

嫁妝單子尚未唸完，林竇氏已是一身冷汗，小衣裡頭濕淋淋的。

「西山霜秋圖──」林舒婉高聲道。

「小姐，字畫在這個櫃子裡。」婆子道。

輪到字畫了。林庭訓在心中暗自一嘆，他是個讀書人，自然喜好字畫，私藏的幾幅都是他最喜愛的，本來還想矇混過去了事，現在看來是保不住了。

林舒婉核對好了西山霜秋圖，繼續喊道：「重屏會棋圖──」

她在櫃子裡找了一遍，沒有看到這幅畫，她站起身，轉向林竇氏。「母親，這一幅字畫，您也再找找。」

林庭訓嘆了一口氣，說道：「字畫都在我書房，剛才我去取的時候，也是匆匆忙忙的，大約沒有找全，缺了哪幾幅，我一會兒再去找。」

林舒婉轉向林庭訓。「原來是在爹這裡，那就辛苦爹了。」

林舒婉核對了一遍書畫後，說道：「一共少了四幅，除了剛才的重屏會棋圖，還有牡丹工筆圖、春宴仕女圖、喜鵲芍藥花鳥工筆圖。」

林庭訓心裡嘆氣。他私藏的確實就是這四幅畫，一幅不少。

罷了，壯士斷腕求生，跟地位和名聲相比，幾幅畫又算得了什麼？

足足花了半個時辰，林舒婉才把裴明珠的嫁妝清點完畢。

「爹、母親，那些少了的，你們再找找。」林舒婉面帶微笑。

「你們去找，本王再坐一會兒，陪舒婉說說話。」裴展充淡漠道。

林庭訓夫妻咬牙切齒答應下來，離開花園，去拿私藏起來的嫁妝。

林竇氏回了屋子，渾身發抖。

「夫人，您注意著些身子，莫要氣壞了。」秦嬤嬤給林竇氏端來一杯茶。「夫人消消氣。」

林竇氏拿起茶杯就往地上砸。

瓷杯摔在地上，碎了一地瓷片，茶水流得到處都是。

秦嬤嬤嚇了一跳，往後挪了一步。

林竇氏身材瘦削，柳葉眼，本是個低眉順眼、嬌柔似水的長相，這樣發怒起來，面目猙獰，整張臉頓時醜陋陰騭。

「裴展充竟然帶了嫁妝單子來……林舒婉那小蹄子，看來也是知道的，這分明是預謀好的，他們舅甥二人也不知道怎麼聯繫上的……」林竇氏咬牙道：「我一個大意，竟被他們這麼糊弄了，進了他們的套。裴明珠的嫁妝若全給林舒婉，那我們林府還剩多少財物？」

她眼睛通紅。「我的勛哥兒怎麼辦？勛哥兒怎麼辦！」

秦嬤嬤道：「夫人，小姐住在府裡，這些嫁妝肯定也得留在府裡，雖名義上是小姐的，但夫人您想，小姐在府裡孤立無援，就算畫眉來了，她們主僕二人還能翻出天嗎？這些嫁妝裡的東西，還不是夫人您想用就用。」

林竇氏想了想，說道：「舒婉那小蹄子再嫁的話，裴展充肯定會盯著林府把嫁妝都送到她的夫家那裡。」

她沈默了一會兒。「左右舒婉再嫁也不是一天、兩天的事，我就趁這幾天好好用用她的東西。」

秦嬤嬤道：「到時候收拾出一個庫房，把秀宜郡主的嫁妝都放在裡面，把庫房的鑰匙交給大小姐就是了。但是庫房可以不止有一把鑰匙……」

「我再弄把一樣的鑰匙，去取裡面的嫁妝用。」林竇氏道：「舒婉那小蹄子也無可奈何，我只是借來用的，又不是不還。」

「是啊。」秦嬤嬤附和道。

「唉！」林竇氏嘆了口氣。「這些東西原本都是林家的，又何須這樣？」

林竇氏越想越心疼，又忍不住渾身顫抖起來。

第十四章

過了約莫半個時辰。

正廳中央的一對小几上，擱了許多首飾頭面。金燦燦，閃閃亮亮，堆在一起，每一件都價值連城。

旁邊的椅子上擺了幾張卷軸，都是名家名作，還都是有百年歷史的古董。

裴展充依舊坐在主位，林庭訓和林竇氏夫妻坐在下首，林舒婉也在裴展充旁邊坐著。

幾人就像嫁妝之事發生前一樣，面帶微笑說話，但氣氛和之前大不相同。

林舒婉勾唇，笑得人畜無害。裴展充嘴角帶著譏誚。林庭訓和林竇氏想笑又笑不出來，臉上抽了筋似的，十分難看。

「那些遺漏的嫁妝都在這裡了。」林庭訓道。

「我來核對一下。」

林舒婉說罷，重新打開嫁妝摺子，核對了一遍。

「字畫都在，步搖都在，髮釵也都在。至於首飾……」林舒婉道：「還缺一對金累絲珍珠葫蘆耳墜。」

林竇氏道：「舒婉，這金累絲珍珠葫蘆耳墜是秀宜郡主賞了包姨娘的，我把包姨娘喚過來。王爺、舒婉，你們一問便知。」

「包姨娘？」林舒婉訝異道。

「姊姊還在的時候，包姨娘是伺候的丫鬟，這葫蘆耳墜是姊姊當時賞給她的。」林竇氏道：「後來，包姨娘開臉提了姨娘。」

「去把她叫來。」裴展充道。

「好，王爺您稍等。」林竇氏道。

林竇氏出了門，在門口喊了一個婆子，讓她去叫包姨娘過來。

不多時，包姨娘進了正廳。

「瑞紅，妳跟王爺和大小姐說說那珍珠葫蘆耳墜的事。」林竇氏說道。

「是，夫人。」

包瑞紅從懷中取出一塊疊好的繡帕，把繡帕打開，露出裡頭的東西，正是那一對金累絲珍珠葫蘆耳墜。

「這耳墜是秀宜郡主當初賞給妾身的，妾身一直好好收著。」包瑞紅道。

「既然是娘親賞給妳的，妳就好好拿著。」林舒婉道。

「是，大小姐。」包瑞紅道。

「好了，妳退下去吧。」林竇氏道。

「是。」

包瑞紅低頭行了個禮，抬頭正準備離開，突然一頓，定在原地，盯著小几上的首飾。

「愣著做什麼，還不退下？」林竇氏揮手。

「是，夫人。」

包瑞紅匆匆收回盯在首飾上的目光，躬著身默默退出去。

「舅舅，娘親的嫁妝已經清點好了。」林舒婉說道：「我也沒有什麼妥當的地方安置，您那裡有什麼地方可以放娘的嫁妝嗎？」

林竇氏驚訝道：「府裡有庫房可以放啊？」

裴展充朝林竇氏瞥了一眼。「這倒是舅舅考慮不周。北敬王府有間別院離這裡不遠，一直空著，倒是可以用來放妳娘的嫁妝，到時候我再派幾個護衛來看著。」

「謝謝舅舅。」林舒婉道：「那就把我娘的嫁妝放到北敬王府的別院。娘是北敬王府的郡主，想來她也一定願意的。」

「同舅舅客氣什麼？」裴展充道。這幾年到底是他疏忽了，若是這些年能多關心這個外甥女，她的日子也不至於過得這般苦。現在，能幫忙的就幫忙一些。

「我現在就吩咐人來搬妳娘的嫁妝。」裴展充道。

裴展充和林庭訓夫妻二人道別，離開了林相府。

不過，他很快又回來了，帶來二十幾個家丁和護衛。

一抬接一抬的嫁妝箱子被抬出林相府，一件一件的大擺件緊隨其後。

林竇氏的目光跟隨著這些箱子和擺件，恨不得用目光將這些箱子擺件釘在原地。

說搬走就搬走，用都不讓用，看都不讓多看一眼。

林竇氏只覺眼前一黑，腿腳一軟，便昏了過去，摔倒在地上。

林竇氏在臥房裡幽幽轉醒，眼睛半睜半閉，有氣無力。

「夫人，您醒了？老奴給您倒杯茶水潤潤唇？」秦嬤嬤走到床邊，彎腰輕聲關切道。

林竇氏突然睜大眼睛，從床上坐起，一摸自己的胸口，頓時鬆了口氣。「幸好，這玉珮還在。」

秦嬤嬤道：「夫人放心，您這塊玉珮好好地掛在您的胸口，給大小姐的那塊假貨，她核對的時候沒有認出來，算是騙過他們了。」

「這玉珮是我心愛之物，日日掛在我胸前，斷斷不能讓他們拿走了。」林竇氏道：「這件事除了我以外，也就妳知道，妳把嘴巴管好，千萬不能透露半點風聲。」

秦嬤嬤忙不迭點頭。「夫人，老奴跟了您這麼多年，豈是個嘴碎之人？玉珮的事，老奴到死也不會說出半個字，直接帶進棺材。」

「知道了。」林竇氏擺擺手。「妳去倒杯茶水來。」

「欸，老奴這就去。」

秦嬤嬤倒了杯茶，遞給林竇氏。

林竇氏喝了幾口，潤了下嘴，抬頭問：「北敬王回去了？」

「回去了。」秦嬤嬤道。

「這尊瘟神可算回去了。」林竇氏心有餘悸。

秦嬤嬤面有難色，忸怩道：「夫人，北敬王臨走的時候，還讓府裡的下人給您捎句話。」

林竇氏有些緊張。「什麼話？」

秦嬤嬤嚥了口唾沫。「北敬王說，請夫人莫要忘了答應給大小姐的月錢、衣裳、丫鬟、婆子，日後大小姐的吃穿用度都要配得上相府大小姐的身分。他過兩日還會再來看看。」

林竇氏雙眼一翻，險些又要暈過去。

「夫人！」秦嬤嬤驚道。

林竇氏大喘幾口氣，擺擺手。「我無妨。」

「老爺說了，把大小姐的吃穿用度打點好，要和林府大小姐的身分相符。」秦嬤嬤說道：「他讓您快著些，這兩日就弄好。」

林竇氏聽罷，嘆了口氣，無力地癱軟在床上。「知道了。」

第二日上午，林竇氏就派人來拾掇她的院子。

擺設、帷幔、被褥都換了新的，雖算不上奢侈，但東西也都是上好的。

兩個丫鬟和兩個婆子進來向她稟告，說是奉了夫人之命來伺候她。

另外，還有一個繡娘來給林舒婉量尺寸，說是要給她製衣裳。

林舒婉蛾眉輕抬。

動作倒是快。

這倒也是，能不快嗎？

昨日裴展充和林庭訓告辭時，她就在旁邊。當時，裴展充對林庭訓說了，過兩日他再來看，若是林舒婉的吃穿用度還沒有安排妥當，那皇上那裡知道林相苛待嫡女，對林相有了看法，就怪不得他了。

林舒婉和顏悅色地和幾個丫鬟、婆子說了幾句話，便打發她們各自幹活去了。

她走出院子，發現本來站在院子門口看守她的幾個婆子已被撤走，她可以自由地在林府裡走動。

她沿著小道往林府外面走，一直走到二門處。

二門處有幾個婆子守著，看到林舒婉出來就請她回去，不允許她出二門。

林舒婉心下明白，她的自由活動範圍是二門之內。

通常閨閣中的女子是不出二門的，林竇氏把她的活動範圍限制在二門內，倒也讓人挑不出錯。

林舒婉知道她要出府，是不可能了。

她在林府內院隨意轉了一會兒便回了院子。

院子已經拾掇齊整，和之前相比煥然一新，丫鬟、婆子們也各司其職賣力幹活。吃穿用度、丫鬟、婆子暫且不提，最讓林舒婉高興的是，這天下午，好幾日不見的畫眉被人帶進院子。

林舒婉把畫眉拉進臥房，屏退了其他人。

「小姐，婢子終於回到您身邊了！婢子好幾日沒有見著您了，自從進了林府，婢子還沒有跟小姐分開那麼久。」畫眉的眼眸裡淚光盈盈。「婢子不在您身邊，您也沒個人照顧飲食起居，這幾日小姐過得如何？」

看到畫眉又是歡喜、又是擔憂的模樣，林舒婉心裡沒來由地一暖，淺笑道：「沒有畫眉在身邊，過得自然不好。我在這侯府裡，也念妳念得緊，我不在這幾日，妳過得如何？」

「小姐被抓了回去，婢子心急如焚，六神無主，不知道該怎麼救小姐，婢子病急亂投醫，就去找了南陽侯。」畫眉道：「瞎貓碰到死耗子，倒是被婢子求對了，南陽侯真的願意救您。

「後來，南陽侯同婢子說，他已經見過您了，讓婢子不必擔心，說您自有計較。」畫眉道：「後來，南陽侯還到織雲巷來找婢子，向婢子打聽了小姐的喜好，婢子就說了，小姐喜歡銀宵樓的酥油餅。」

畫眉試探道：「小姐，南陽侯已經知道您的身分，但是婢子看，他對您的心思沒有變。」
林舒婉嘆了一口氣。她現在麻煩事纏身，和林府的帳還沒有算完，兒女情長什麼的只能先放一邊。
主僕二人正在說話，門口有婆子稟報道：「大小姐，包姨娘求見大小姐。」
「包姨娘？」
林舒婉心中訝異，她搜索了一番原主的記憶。
這包瑞紅原是伺候裴明珠和林庭訓起居的大丫鬟，裴明珠死後，林庭訓就把她抬了姨娘。包瑞紅被林庭訓收房的時候，林竇氏還沒有進門，那時包瑞紅也是得寵了一陣的。
後來林竇氏進了門。她剛進門那幾年，包瑞紅還是受寵的，過了幾年後，她就漸漸失寵，在府裡也沒了聲音，非常安分守己。
原主和包瑞紅的接觸不多，她怎麼來找她了？
「讓她進來吧。」林舒婉道。
包瑞紅進了屋子，給林舒婉福了福身。
「大小姐。」
在大周，姨娘的身分低賤，雖比丫鬟好上一些，但也算不上正經主子，見到林舒婉這個原配嫡出大小姐，身分矮了一截，這禮行得也沒什麼不對。
「包姨娘不必多禮，過來坐吧。」林舒婉說道。

林舒婉帶著包姨娘在臥房裡的一張圓桌邊坐下。

「大小姐回來也有幾日了，之前夫人不讓人出入小姐的院子，我也沒辦法看望小姐。現在好了，院子門口守著的婆子被夫人撤了，我才能過來看望大小姐。」包瑞紅說道。

林舒婉蛾眉輕抬。

來看望她？包瑞紅和原主從來沒什麼交情。原主被苛待，也沒見包瑞紅為原主說過半句話。

現在她這裡是林相府的是非之地，包瑞紅一改往日明哲保身的姿態，竟堂而皇之地跑到她這裡來，包瑞紅也不怕得罪了林竇氏？

林舒婉心道，包瑞紅定是怕的，要不然也不會十幾年來在府裡安分守己，半點聲響也不敢發。

包瑞紅會到她這裡來，定是因為有更重要的事情，哪怕惹得林竇氏不滿，她也一定要來。

林舒婉似笑非笑。「包姨娘來看望我？」

包瑞紅面色有些尷尬。她本想先和林舒婉套一會兒近乎，等話說得熱絡了，再說正事也順理成章一些。沒想到林舒婉心思通透，一眼就看出自己有事才特地來的。

「咳。」包瑞紅輕咳一聲。「不瞞大小姐，我這次確實是有事來找大小姐的。」

林舒婉笑了笑。「包姨娘有什麼事？」

「我今日來是為了秀宜郡主的嫁妝。」包瑞紅道。
「嫁妝？」林舒婉訝異。
「昨日我去正廳見大小姐和王爺的時候，看到茶几上擺了不少首飾，這些都是秀宜郡主的嫁妝吧？」包瑞紅說道。
林舒婉不說話，淡淡看著包瑞紅，等她繼續說。
包瑞紅卻停住了，抬頭看了看站在一邊的畫眉。
林舒婉順著包瑞紅的目光看到了畫眉，便道：「妳但說無妨，不用迴避她。」
「既然大小姐這麼說，那我就說了。」包瑞紅收回目光。「其中有一塊白玉玉珮是假的。」
林舒婉蛾眉斂了斂。「假玉？」
「玉不是假的，但不是郡主嫁妝裡的那塊玉。」包瑞紅說道：「郡主平日不怎麼佩戴首飾頭面，她所有的陪嫁首飾都鎖在櫃子裡。有一次，郡主讓我收拾她的櫃子，整理首飾，所以我見過這塊玉珮。
「這塊白玉玉珮十分特別。旁人不知道，我卻知道。旁人看不出，我卻看得出。小几上的那塊白玉款式、大小和郡主嫁妝那塊一模一樣，但不是郡主嫁妝裡的那一塊。」
林舒婉思索了一瞬，看著包瑞紅，問道：「包姨娘想要什麼？」
包瑞紅微怔，她自己那點心思在林舒婉面前毫無遁形。

是的，她確實不是為了忠於前主子秀宜郡主才來告訴林舒婉這些，更不是發了善心。她是來做交易的。

怔忡之後，包瑞紅便冷靜下來。「我想跟大小姐要兩樣東西，在秀宜郡主的嫁妝裡。」

「妳想要什麼東西？」林舒婉問道。

「一塊千年沉香、一片犀角，都是藥材。」包瑞紅說道。

林舒婉勾唇笑了笑。「我雖不知妳說的那白玉玉珮究竟有什麼特別之處，但千年沉香和犀角肯定是難得一見的珍貴藥材。再者，玉珮再珍貴也就是一件配飾，藥材還能治病救人。就算我費了一番周折得到真正的玉珮，但卻失了兩件珍貴藥材，這買賣實在不划算。包姨娘，妳想用一塊玉珮的線索，換我兩件珍貴藥材，說笑了吧？」

包瑞紅見林舒婉拒絕，心下一沈，隨即著急起來。

她是實在沒辦法了，才想到用這個法子來換取林舒婉的這兩件藥材。

她心急如焚，又聽林舒婉接著道：「若是包姨娘願意將玉珮的真相告訴我，我自是十分感謝，若是包姨娘想用玉珮的線索換我兩件名貴中藥，那……」

「等等！」包姨娘脫口喊道。

林舒婉蛾眉輕抬。

「還有一件事。」包姨娘說道。

林舒婉淺淺笑道：「包姨娘還有什麼事？」

「是大小姐和薛家三爺私通的事。」包瑞紅急道。

「什麼意思？」

包瑞紅道：「我知道大小姐根本沒有和三爺私通，大小姐是被構陷的，我知道其中來龍去脈。若是大小姐願意將沉香和犀角給我，我便向大小姐和盤托出。」

「包姨娘既然知道，當初出事的時候怎麼不說？」林舒婉問。

包瑞紅低頭，面有愧色，嘆了一口氣。「我在府裡過得也不容易，多一事不如少一事，況且南陽侯府也是簪纓世家，薛三爺的人才品貌都是上佳。」

林舒婉瞇了瞇眼。「所以，妳明知我是被構陷，卻不出聲，任由我背著私通的罪名，匆忙出嫁。」

包瑞紅倏地站起來，在林舒婉面前行了個禮。「瑞紅愧對小姐。小姐出嫁以後，瑞紅也是心懷愧疚，每日惴惴不安。瑞紅願將所知悉數告訴小姐，求小姐將沉香和犀角賞給瑞紅。」

林舒婉沈吟，片刻道：「不僅和盤托出，還要為我作證，當眾將事實說出來。一件是我被誣私通的事，一件是玉珮掉包的事。」

包瑞紅愣了愣，說道：「瑞紅願意，都聽大小姐安排。」

林舒婉目光淡淡。「包姨娘，這沉香和犀角對妳這麼重要？」

林舒婉心中狐疑，當初包瑞紅明知原主被冤，卻一字不說，是個明哲保身的主兒。

而她得了嫁妝以後，包瑞紅跑到她這個是非之地，以玉珮的秘密和私通的隱情為條件，換取這兩味藥材。

而且，根據包瑞紅剛才的話，她只說要把玉珮的秘密和私通的隱情告訴她，卻沒有說要為她作證。可見，她原本並不打算為她出言作證的。

看她神情，愧疚大概確實有，但這份愧疚終是敵不過她自保的意願。直到剛才，包瑞紅心底還在想著自保，想把自己摘出去。

然而，當林舒婉要求她出面當眾作證的時候，她只是愣了一下，便毫不猶豫答應下來。這樣一個慣於自保的人，究竟為何會為了兩味藥材，連當眾作證也願意？

包瑞紅應道：「是的，大小姐要瑞紅做的，瑞紅都會做到，只要大小姐言而有信，把這兩味中藥給瑞紅。」

「包姨娘，妳要這兩味中藥究竟是為什麼？」林舒婉問道。

聽到林舒婉這話，包瑞紅神色頓時變得淒涼，剛才的急切和愧疚都不見了。她眉眼耷拉著，眼神中的悲切不似作假。

「我是為了宣兒。」包瑞紅說道。

「宣兒？」

根據原主的記憶，在林竇氏嫁到林家後的頭幾年，包瑞紅是得寵的，於是便有了身子，生下了林庭訓的庶子林明宣，也就是包瑞紅所說的宣兒。

包瑞紅有了身子後，不便侍寢，林庭訓為了仕途前程，每日都忙於政務，哪有心思去管包瑞紅？就把包瑞紅丟給林竇氏照顧，不再管事。

可按照林竇氏的性子，又哪會善待包瑞紅？偏偏包瑞紅孕期反應大，吃什麼吐什麼，甚至連膽汁都吐出來了，人除了肚子，瘦得剩皮包骨。

她有孕在身，卻得不到男人的關愛，甚至見不著那男人的面，還要看林竇氏的臉色。她心中抑鬱，身子又沒有好生調理，甚至還時不時受到苛待。

身心摧殘，終於挺不住了，尚未到日子，便提前一個多月早產。

林明宣生下來的時候十分虛弱，而且是胎裡弱，能活下來已經不易，但是身子一直不好，後來也一直藥不離口。

林舒婉算了算，這林明宣現在也差不多要十三、四歲了。

「宣兒身子不好了。」包瑞紅道。

林舒婉心裡驚訝。身子不好了，這是說……

包瑞紅面色淒涼。「大夫說，宣兒胎裡弱，能活到十三歲已經不容易，應是熬不下去了。大夫已經讓辦後事了，說孩子活著也是受罪，只是我這當娘的，怎麼可能眼睜睜看著他小小年紀就這麼去了？我就央了相爺，再找個名醫看看，宣兒畢竟是相爺的子嗣。」

「然後呢？」林舒婉接著問道。

「相爺請到了太醫院出名的聖手路大夫。就在昨日，就在闔府都為郡主嫁妝忙著的時候，路大夫也到了我們相府，給宣兒瞧了病。」

「路大夫要千年沉香和犀角？」林舒婉問。

包瑞紅點頭。「路大夫說需得用千年沉香為藥引，犀角片入藥，或許能治好宣兒的胎裡弱。」

林舒婉思索了一會兒，將剩下的部分補充起來。

「路大夫給宣兒瞧好病後，提出這兩味藥材，妳便為這兩味藥發愁。不知什麼原因，妳正巧路過花園，聽到我朗聲宣讀我娘的嫁妝清單，聽我唸到了這兩味珍貴藥材，知道我娘的嫁妝中有這兩樣藥材。」

包瑞紅點點頭。

林舒婉接著道：「隨後，妳被府裡的下人叫到正廳，向我說明，那對金累絲珍珠葫蘆耳墜是我娘賞賜給妳的。在那個時候，妳無意中發現小几上的那堆首飾中，那塊白玉玉珮有問題，所以就想到用白玉玉珮的事情換取這兩味珍貴藥材。

「現在，為了這味藥材，就算讓妳當眾為我作證，妳也願意。」

包瑞紅淒然一笑。「我是丫鬟出身，現在雖說是老爺的妾室，卻也算不得什麼正經主子。我清楚，我這日子過得怎麼樣，還不是都捏在夫人的手裡？但是為了宣兒的命，便是豁出我的命又如何？」

林舒婉點點頭，示意明白了。

包瑞紅在懷孕生子的過程中，受了不少罪。因為看清了現實，所以從此以後一味明哲保身，不去惹林竇氏，只求一個安穩。這會兒是為了自己的兒子，才到她這裡來。

「大小姐，您剛才說的……」包瑞紅遲疑道。

林舒婉道：「我既然答應妳了，自然會做到。」

包瑞紅鬆了口氣。「多謝大小姐，那我先把私通的隱情說給您聽，需要我作證的時候，大小姐喚我就是。」

林舒婉道：「先說玉珮的事情，一件一件來。」她有的是時間，慢慢聽包瑞紅說話。

「是，大小姐。」包瑞紅道：「這白玉玉珮和其他玉珮不一樣，它有兩點奇特之處。」

「哪兩點？」林舒婉問道。

「郡主讓我整理首飾的時候，也是在冬季。我整理首飾時，將這塊玉捏在手心，過沒多久這塊玉就開始升溫，有了熱度。郡主見我驚訝，就解釋給我聽，說這塊玉是奇寶暖玉，若是佩戴在身上，便會發熱。」

包瑞紅接著道：「第二點，這塊玉雖然是塊白玉，但是一個角上有幾條鮮紅碎絲，彷彿血絲沁入一般。

「昨日，我雖然沒有摸到那塊玉，但是看得分明，那塊玉的模樣、大小、成色和郡主那塊暖玉一模一樣，但是角上沒有鮮紅血絲，應該是有血絲的白玉十分難尋，就用純白白玉代替。想來嫁妝清單上沒有把這玉珮的奇特之處寫清楚，大小姐那時還小，不可能知道這玉珮的事情，所以夫人便找了塊普通白玉代替了。」

「原來如此。」林舒婉點頭，道：「倒是恰巧被妳看到了。」

林舒婉接著問道：「說另一件事吧。」

「是。」包瑞紅欠了欠身。「大小姐，您還記得當日的情景嗎？」

林舒婉搜刮了一番原主的記憶。

「那時也是冬日，我在小道上走，迎面走來一個婆子，手裡端著一大盆湯，走到我面前時，不小心絆了一腳，整盆湯水都潑到我身上。我身上衣服穿得厚，那湯水在大冷天裡走了一路，也已涼了，所以我並未被燙到，但渾身從裡到外都濕透了。」

她一邊搜尋原主的記憶，一邊接著說道：「可是，我當時所在的位置離我的屋子還有不少距離，走回去少不得要大半刻鐘。渾身濕淋淋的在寒冬裡走上大半刻鐘，定會染上風寒。那個把湯潑在我身上的婆子向我告了罪後，便給我出了個主意。說是旁邊有間屋子，屋子裡備了些主子們用不著、準備分賞給下人們的衣裙，讓我去拿一件暫時換上。」

包瑞紅問道：「大小姐，您就是在那間屋子裡遇到薛三爺的吧？」

「是啊。」林舒婉說道：「我進了那間屋子，那屋子裡果然放了不少府裡主子們用舊的衣裳。」

包瑞紅問道：「大小姐就換衣裳了？」

林舒婉應道：「我也沒有多想，挑了件合身的，就開始換衣裳。衣裳換到一半，突然從這間屋子的裡間走出一個男人。」

「薛三爺？」包瑞紅問道。

「還能是誰？」林舒婉笑道。

包瑞紅見林舒婉不以為意地淡然而笑，心中不禁佩服她的心性。她道：「相爺當時宴請京城的青年才俊，薛三爺便是其中之一。可惜薛三爺不勝酒力，中途醉了酒，老爺便命人將薛三爺扶出去，安排一間屋子讓薛三爺休息。」

包瑞紅說道：「大小姐，這宴席雖說是老爺宴請年輕才俊，但夫人是府裡的當家主母，這宴請的諸項事宜都是夫人安排的。是夫人安排小廝帶薛三爺去那間屋子休息，也是夫人安排婆子把您引到那間屋子的。」

「此事妳又是怎麼知道的？」林舒婉問道。

「夫人吩咐小廝和婆子的時候，被我聽了牆腳。」包瑞紅說道：「我知道是哪個小廝、哪個婆子。只是就算我指認他們，他們也未必願意承認。」

林舒婉點點頭。「原來是夫人。」

這也是意料中的事情，林竇氏是林府的當家主母，安排這些事易如反掌。

「要不是夫人有心安排，這世上哪有這麼巧的事情？薛三爺正巧在這間屋子休息，大小姐正巧在這間屋子換衣裳，又正巧這間屋子門閂不結實，又正巧有下人路過，撞門而入？」

林舒婉說道：「那門閂應該事先被人做了手腳弄鬆了。門外應該有下人悄悄等在暗處，等到一個恰當的時機，再撞門而入。」

「出事以後，誰又會管門閂為什麼會有問題，那幾個下人為什麼要撞門而入。」包瑞紅說道：「隨便找個理由也就糊弄過去了。」

林舒婉道：「此事有諸多破綻，不過不管是真是假，女子出了這樣的事，名節就毀了，管他是真是假。」

「大小姐，話已至此，我也沒什麼可再隱瞞的了。」包瑞紅說道：「其實夫人一直對繼室的身分耿耿於懷，偏偏她和郡主在身分地位、人才品貌上都差了一大截，可以說是雲泥之別。旁人只知道林相夫人是秀宜郡主，林竇氏一個繼室在一干命婦中，激不起半點浪花。她心中嫉恨，秀宜郡主已經故去，她越不過去，就只能遷怒於您。」

林舒婉眉梢微挑。「包姨娘還有什麼知道的，一併說了吧。」

「這些也是我的猜測，」包瑞紅接著道：「夫人是看不得大小姐十里紅妝，風光大嫁的。」

她看了林舒婉一眼。「秀宜郡主的嫁妝讓人垂涎，偏偏又在夫人眼皮子底下，她便動了心思，把大小姐草草嫁了，她也好乘機貪了秀宜郡主的嫁妝。」

林舒婉在心裡唏噓。原主沒了娘親的保護，爹又靠不住，有那麼多財物，哪裡保護得了？

匹夫無罪，懷璧其罪。

「還有，」包瑞紅接著道：「大小姐，夫人剛剛嫁到相府時，您當著眾人的面，指著夫人說她不是林相夫人，您不願叫她母親。您讓夫人沒了臉，夫人心裡一直有疙瘩。」

「我那時才四、五歲吧？」林舒婉道：「剛剛失去生母不久，父親又娶了新人……」

「大小姐，夫人從來不是氣量大的人。」包瑞紅說道。

林舒婉在包瑞紅臉上打量了一圈。「包姨娘，妳倒是看得通透。難得包姨娘和我推心置腹，把自己的想法都告訴了我。」

包瑞紅笑道：「我願意為大小姐作證，便是徹底得罪夫人，成了大小姐這邊的人了。」

林舒婉聽明白了，包瑞紅是注定得罪林竇氏的，那還不如徹底站到她這邊，和她一起對抗林竇氏。與她推心置腹的一番話，是套近乎，也是投名狀。

這包姨娘是個聰明人啊。

林舒婉點頭。「包姨娘的意思，我明白了。」

「大小姐，那我們這就去找夫人和老爺。」包瑞紅道：「我為大小姐作證後，大小姐就把那兩味中藥給我吧。」

「這倒不急，過兩日再作證。」林舒婉道。

一來，就這麼去找林庭訓和林竇氏，林竇氏未必肯承認，林庭訓也未必相信。

二來，即便林庭訓相信了，家醜不可外揚。林庭訓不可能對林竇氏怎麼樣，最後的結果大概是小懲大誡，不了了之。難道林庭訓會為了她，處置林竇氏，讓世人都知道林相夫人構陷繼女？就算為了自己的臉面，林庭訓也會把這件事壓下去。

過兩日，裴展充會再過來看她，那時再揭發這兩件事也不遲。

包瑞紅臉色大變。「可是宣兒等不及了啊，路大夫說就這兩天了，哪裡能等到兩天後？」

竟然已經這麼嚴重了？

林舒婉想了想。「這樣吧，我出府不太方便，我給妳寫封信，妳帶著這封信去北敬王府的別院，把信給那裡的守衛，讓守衛把這兩味藥材給妳。若是守衛不信，必然會去請示我舅舅，我舅舅認得我的字。」

包瑞紅如同劫後餘生一般，鬆了一口氣。「謝謝大小姐。那作證的事情……」

「兩日後，自會要妳作證的。」林舒婉道。

林舒婉為包瑞紅寫了信，交給了她。

包瑞紅接過信，如獲至寶一般，小心翼翼放到懷裡。

包瑞紅走後，畫眉才問道：「小姐，竟然是夫人做的，害得小姐這些年受了那麼多委屈。夫人的心腸是黑的。」

「都過去了。」林舒婉道。

畫眉咬了咬唇，點頭。「小姐說得是，都過去了。」

她眨巴了下眼，問道：「小姐，您就這麼把藥材給包姨娘了，萬一包姨娘到時候反悔，不給小姐作證了怎麼辦？」

林舒婉搖搖頭。「包姨娘聽過我唸嫁妝清單，她必然知道，除了這兩味藥以外，我還有很多其他的藥材。明宣這回若是被救回來，少不得要調理身子。包姨娘如果反悔，便是徹底得罪了我，以後再想從我這裡拿藥，就是斷無可能。包姨娘是聰明人，不會絕了這麼一條求藥的途徑。」

畫眉似懂非懂地點點頭。

「秦嬤嬤，這包瑞紅竟然去了舒婉這小蹄子那裡，她去做什麼？」林竇氏問道。

林竇氏是當家主母，包瑞紅去林舒婉那裡，自然瞞不過她的眼睛。

「老奴不知。」秦嬤嬤道：「包姨娘和大小姐沒什麼交情，看著蹊蹺。」

「夫人，包姨娘來了。」門口傳來守門婆子的聲音。「包姨娘說她許久沒有上街去了，想去街上散散心，她來求夫人應允，這會兒正在外面等著。」

「散心？」林竇氏反問。「她兒子都病成這樣了，她還有心思散心？」

接著她柳葉眼轉了轉。「找個人跟著她。」

傍晚，林竇氏在廂房裡做著女紅，就聽秦嬤嬤進來稟報。

「夫人，包姨娘回來了，現在去了廚房。」

林竇氏沒有抬頭，在荷包上繡了一針。「她回來了？剛才她出府是去哪裡了？真去街上散心了？」

「是去北敬王府的別院了，就是放郡主嫁妝的那個別院。」秦嬤嬤道。

「哎喲！」林竇氏手一頓，繡針不小心扎進肉裡，一點血珠子沁出。

「夫人，您的手指出血了，老奴去拿帕子！」秦嬤嬤急匆匆道。

林竇氏用手指按在出血處，說道：「不用。一提嫁妝，我就心頭發堵，怎麼包姨娘又和嫁妝扯上了？」

秦嬤嬤小聲道：「夫人，包姨娘去了廚房，讓廚房給二少爺煎藥。昨兒路大夫來過了的。」

林竇氏嗤笑一聲。「妳提這個做什麼？路大夫來過又如何？那病秧子快不行了，誰能救得了他？早些死了也乾脆，這麼拖著還得費不少藥錢。要是再死不了，就算他一個庶子，分家也要分走不少銀子，那不就是搶了勛兒的財物？」

「夫人，路大夫是開了方子的。」秦嬤嬤又道。

「開了方子又如何？那方子裡的藥材，她能找得到？」林竇氏突然停了下來。「妳說她讓廚房給那病秧子煎藥了？」

林竇氏放下手中針線，臉也陰沈下來。「這麼說她弄到那些稀奇藥材了，從郡主的嫁妝那裡拿到的？」

秦嬤嬤點頭道：「那跟蹤的人說，他聽到別院護衛和包姨娘說的話，這包姨娘就是上門討藥材的。」

林竇氏臉色難看。「以後說話直接說，不要繞彎子。」

「是、是。」秦嬤嬤惶然應道。

林竇氏轉開目光。「明宣是將死之人了，萬一要是真的救活了……」

她心中不甘，整個林相府除了她生的嫡子林明勛外，就只有林明宣一個庶子，剩下的就是林舒婉這個原配嫡女，以及兩個妾室生的庶女。

且不說林舒婉，另外兩個庶女隨便出點嫁妝嫁了就是。但庶子不一樣，成家也好，以後分家也罷，少不得分走不少銀子。

在她眼裡林明宣已經是個死人，怎麼又有救了？

林府的財產已被林舒婉這小蹄子剜走了一大半，她本就心頭滴血，現在一個已死之人還要活過來分家產，讓她如何能甘心？

真真的氣都順不下去了。

秦嬤嬤見林竇氏不說話，便小心翼翼試探道：「夫人，這藥材是大小姐給包姨娘的，我們正可以來個一石二鳥。」

林竇氏唇一抿。「我們林府養了那病秧子十幾年，也算仁至義盡了，說不定在閻王的生死簿上，他本是要去陰曹地府的。」

林竇氏一臉陰狠。「讓他該去哪兒，就去哪兒。到時候就說舒婉那小蹄子給的藥出了岔子。」

「夫人好計謀。」秦嬤嬤說道。

「出了什麼事，都怪到舒婉那小蹄子身上。」林竇氏接著道：「到時候，正好可以依此為由把她關起來，以此為挾，逼她乖乖嫁到靖北侯府。

「此事我們得合計、合計，現在舒婉有北敬王幫襯著，我們得仔細著些，不要讓人看出了破綻。」

「是，夫人。」

薛佑琛站在迴廊下，看著天邊的夕陽。

夕陽看著落得緩慢，但一不留神，它便只剩小半了。西邊雲層被夕陽暈染了色彩，深紅漸變到淺紅，豔麗中帶著溫暖的韻味。

這個時辰是林相府守衛最弱的時辰。

薛佑琛想起上次和上上次，也是在夕陽西下的時候，他和她在逼仄的山洞裡，相距不過幾寸，晶瑩肌膚，烏黑青絲，近在眼前。

他垂下鳳眸，想起當時她身上若有似無的香氣，他似乎還能感覺她綿細的呼吸，以及溫暖的體溫。

他想去看看她，卻又有幾分猶豫。
不是因為林相府的守衛，而是找不到理由。
前幾次，他去林相府找她，都是找了理由的，可是這次的見面，他該說他為何去找她？
薛佑琛想不出藉口。
他轉過身，大步流星朝南陽侯府門口走。
找不到藉口就找不到吧！
大丈夫去看心上人，還要找什麼藉口？

第十五章

晚膳比前幾日好了很多，林舒婉吃完晚飯，留了畫眉在屋子裡收拾，自己一個人去院子裡。

她打算一邊散步，一邊思考問題，所以沒有讓畫眉跟著。

她在院子裡胡亂轉著，腦子裡在想白天包姨娘說的話。

那白玉玉珮也就罷了，她要怎樣才能自證清白，且把林竇氏這個幕後黑手給揪出來？

包瑞紅這個人證很重要，但僅有這人證，似乎顯得薄弱了點。

裴展充過兩日就要來了，她要在這兩日內盡可能多找些證據，到時也好讓裴展充幫她。

林舒婉繞著院子走了一圈，突然腳步一頓，她杏眼圓睜，確認自己沒有看錯。

前面的假山山洞裡，薛佑琛正隱在裡頭，露出小半張臉，朝她看過來。

林舒婉腳步一提，便鑽進了山洞。

「侯爺怎麼來了？」林舒婉壓低聲音。「現在這院子不比之前，增加了不少人。」

薛佑琛低著頭，眼前的佳人正是他日思夜想的。

現在，她就在他面前，明眸看著他，紅唇一張一合，說著關心他的話。

她雖沒跟他有任何接觸，卻靠得那麼近，他似乎感覺到她周身無形的氣息。

「只是多了些丫鬟、婆子，身上未有功夫，只要小心一些，便不會被人發現。」薛佑琛道。

「那就好。」林舒婉道：「侯爺今兒來是為了何事？」

薛佑琛喉結滾了滾。「有事找妳。」

「是什麼事啊？」林舒婉問。

昏暗的光線裡，林舒婉看不見薛佑琛蜜色臉頰上微起的紅雲。

薛佑琛鳳眸一垂，落在地面上的眸光如天邊紅霞一般溫柔。

林舒婉看不見他的雙眸，自也無法發現他的異常。

「侯爺來找我是為了……」

薛佑琛磁性的嗓音在逼仄的山洞裡，產生些微的回音。「來看妳的。」

林舒婉一怔。他是來看她的？

薛佑琛沒有給她反應的時間，抬頭問道：「這幾日妳在相府過得如何？」

這幾日發生了許多事。林舒婉方才走了一路，便想了一路，心中所思所想正沒有人可說。

論理，這個世上她最信任的人是畫眉，可畫眉心思單純，有些話畫眉未必聽得明白。

眼前的男人高大偉岸，說話雖平淡無波，語氣裡的關心卻沒有假，林舒婉突然生出要同他傾訴的想法。

心裡這麼想著，話已不由脫口而出。

「當初我被構陷和薛三爺私通的事情，我已經知道真相了，是我母親所為。」

薛佑琛鳳眼瞇了瞇。「倒也不是出人意料。」說完他低頭看林舒婉。「妳有什麼打算？」

林舒婉道：「現在府裡的包姨娘願意為我作證，我也從她口中知道了當初帶薛三爺去那間屋子的小廝是誰。」

她頓了頓，接著道：「只是，包姨娘願意為我作證，那個帶薛三爺去那間屋子的小廝卻未必肯說實話。還有，引我去那間屋子的婆子也未必肯說。且到現在也沒有任何物證，光靠包姨娘的幾句話，恐怕站不住腳。」

薛佑琛思索了一瞬，便道：「物證有些難辦，此事不像下毒，可以從蛛絲馬跡中尋找證物，且又已過了三年。」

「是啊。」林舒婉嘆息。「我也這麼想，這物證去哪裡找？即使知道了真相，可要證明我的清白，還是很難。要讓幕後之人為自己的所作所為付出代價，也還是很難。」

「物證難尋，至於這人證，」薛佑琛說道：「妳把小廝和婆子的名字告訴我，我去敲打、敲打，讓他們不敢不說實話。」

林舒婉看著薛佑琛的對襟領口，正要說什麼，突然福至心靈，心頭閃過一計，眼睛一亮。

她唇角勾了勾，露出淺笑。

「那要麻煩侯爺幫忙去敲打、敲打那小廝，不過不要他說實話，而是讓他說謊。」

薛佑琛訝異。「說謊？」

林舒婉點頭。「嗯，讓他作偽證。侯爺，你就讓他這麼說……」

林舒婉輕聲把要讓那小廝作的偽證告訴了薛佑琛。

薛佑琛聽完，劍眉微挑。

他見林舒婉唇角掛上促狹的笑容，眉眼也透出笑意。

「知道了，我會把妳要那小廝說的話告訴他，讓他到時就按照這個說辭。」薛佑琛道：「那小廝叫什麼？」

「孫全福。」林舒婉道。

「嗯。」薛佑琛用鼻音應了。「那我明日這個時辰再來，還是到這個假山山洞，到時孫全福的事，我給妳個準信。」

「好。」林舒婉點頭。

「天色快暗了，我先走了。」薛佑琛道。

「侯爺路上小心。」

薛佑琛離開之後，林舒婉從假山中轉出來，看著天邊剩下的最後一絲光芒，心中暗道，如果薛佑琛能讓那小廝按照她的意思作偽證，那林竇氏便不可能不承認，她便可以洗刷冤屈了。

東方泛白，又是一日。

林舒婉現在的吃穿用度，比之前好了很多。

她吃了一頓美味的晚餐，看了眼天色，已是黃昏，是他和她約定的時辰。

她讓畫眉在屋子裡收拾，準備出門去假山。

只是還沒有出門，就見包瑞紅雙目通紅，衝進屋子。

兩個婆子在她兩旁拉扯她的胳膊。

「小姐，包姨娘什麼話都不說，一個勁兒地往裡面衝，我們攔她，她也不讓，不知她哪裡來的勁兒，我們兩個人都拉不動她。」一個婆子道。

林舒婉朝包瑞紅一看，不由一驚。

包瑞紅雙目圓睜，眼睛裡血絲迸裂，一片通紅，她盯著林舒婉，嘴唇顫抖，幾乎說不出話來。

她心裡咯噔一聲。出了什麼事？

「知道了，妳們都下去。」林舒婉對兩個婆子抬了下手。

「是，大小姐。」兩個婆子曲膝退出去。

「畫眉，」林舒婉轉頭吩咐。「妳到門外守著，別讓人進來，也別讓人在門外偷聽。」

「是，小姐。」

畫眉乖巧地點頭，走出屋子，轉身關上屋門。

林舒婉走到包瑞紅面前。「究竟出了什麼事？」

包瑞紅嘴唇顫了顫，想說話，眼角突然湧出一股淚水。

林舒婉從袖袋裡取出一塊帕子，遞給包瑞紅。「慢慢說。」

包瑞紅接過帕子，嘴唇顫得厲害，卻終是開了口。

「大小姐，您不願把藥材拿出來就算了，何必要拿假藥來害人？」包瑞紅指著林舒婉。「您害了我的宣兒……害我宣兒！」

林舒婉震驚。「明宣如何了？」

「還能如何？咳血不止，比昨日還要嚴重。」包瑞紅道：「我找了凌大夫過來，凌大夫雖不是太醫，比不得路大夫，但也分得清藥材的真假。他看了您給我的藥，我向您求的是犀角，您給的卻是牛角。」

包瑞紅指著林舒婉。「為何要用牛角代替犀角？犀角是救命的藥材，牛角卻毫無用處。」

她向後跌了一步，靠在牆上。「牛角雖沒有什麼害處，但是少了犀角，整服藥的藥性就變了。可憐我宣兒，喝了那藥後，咳血不止，雙眼無神……」

包瑞紅無力地放下手。「凌大夫說他已無能為力，不是今天夜裡，就是明天晚上……宣兒才十三歲，我就這麼一個孩子……」

「怎麼會這樣？」林舒婉擰緊蛾眉。「包姨娘，此事我若說我毫不知情，妳可相信？」

林舒婉分析道：「包姨娘，妳想想，我同妳有約定，我還需要妳兩日後為我作證，又怎會那麼傻給妳假藥？妳發現後，還會為我作證嗎？定然不會。我沒有妳這個人證，對我有什麼好處？」

「這……」包瑞紅遲疑道。

「還有，」林舒婉接著說道：「牛角雖然常見，但我娘的嫁妝裡可沒有這種普通的東西，北敬王府的別院裡，自也不會存放這種普通的物件。妳昨日才跟我說要這兩味藥材，我哪裡有時間去準備牛角？且千年沉香和犀角都是妳直接去別院取的。」

包瑞紅愣了愣。剛才她見林明宣咳血，凌大夫又說他藥石無醫，未及細想，紅著眼就直接衝過來了。

現在聽林舒婉這麼一分析，便發覺其中的不對勁。

她昨天拿著林舒婉的信去了北敬王府的別院，找護衛討要藥材。護衛不知道真假，便由其中一個護衛去北敬王府請示北敬王。

一會兒後，那護衛回來，說信是真的，便打開庫房的門，帶著她走進庫房。

她親眼見到那護衛在庫房中，按照標籤，分別從兩個匣子裡取出這兩味藥材。

是呀，她昨天求了林舒婉後，便直接去別院庫房取藥材，林舒婉怎麼可能提前在匣子裡準備假藥？

「那這藥怎麼會是假的？」包瑞紅問道。

「要麼，這犀角從林府送到別院的時候就是假的。」林舒婉頓了頓，幽幽道：「要麼，是妳把藥取回相府後，被人調了包。」

包瑞紅從無力靠牆的狀態，一下繃得筆直。「是她，一定是她，她一向容不下宣兒，想他早些死。」

包瑞紅咬著牙說道：「好個林竇氏，她一定是知道我從妳這兒拿到這兩味藥材，就讓人換了藥材。我去找她，我跟她拚命去！」

包瑞紅眼眶泛淚就要往屋門衝。

「等等。」林舒婉在她身後道：「妳去了也沒用，還不如想想怎麼救明宣。」

包瑞紅腳步一停，轉過身，雙目透出微弱的希望。

「救明宣……明宣還有得救嗎？」

「包姨娘，妳就這麼去找她有什麼用，誰會信妳？」林舒婉道：「如果真的如妳所說，妳拿回犀角後，她再將犀角換成牛角，那她不僅針對妳，怕也是順手陷害了我。妳這麼去，說是她搗的鬼，她會認嗎？空口白話，又有誰會信？

「明宣突然病重，妳心裡著急，我自是明白的，但包姨娘，妳是個明白人，其中關鍵，妳仔細想想便應該想得明白。」

林舒婉接著道：「至於明宣，妳若是信我，可否在這裡稍等片刻，我出去一下，過一會兒再回覆妳。」

她說罷，看著包瑞紅的眼睛，等著她答覆。

包瑞紅盯著林舒婉看了幾息，終於點頭。「好，我信大小姐這一次。」

「那妳在這兒等著，我出去一會兒就回來。」林舒婉道。

林舒婉出了屋子，對門口站著的畫眉道：「畫眉，我出去一下，妳看好屋子裡的包姨娘，讓她不要亂走，一定等我回來。」

「是，小姐，婢子知道了。」畫眉道。

林舒婉走出屋子，在院子裡繞了一圈，走進假山山洞。

「妳來了。」

林舒婉一進山洞，薛佑琛低沈而磁性的聲音便在耳畔響起，帶著不明顯的回聲，分外好聽。

「妳再不來，我就要出去找妳了。」

林舒婉一臉歉意。「抱歉，是我來晚了。」

「無妨，這林相府是個是非之地，我只是怕妳出了什麼事。」薛佑琛道。

林舒婉一嘆，可不就是個是非之地？

「正要來的時候，被耽擱了。」

「我正要去尋妳，妳就正巧來了。」薛佑琛道：「那孫全福已經答應為妳作偽證。」

「他答應了？」林舒婉抬眉。

「嗯，略施了些手段，他便答應了。」薛佑琛道。

「侯爺，我原本打算兩日後，我舅舅再到侯府來時，再讓這個孫全福為我作證，不過現在事情有了變化。」林舒婉說道：「恐怕今晚就要這孫全福出來作證了。」

「孫全福已經應下，便隨時都可以出來作證。」薛佑琛道：「妳神色不定，究竟出了什麼變故？」

自從被帶回相府後，林舒婉已經請薛佑琛幫了不止一次的忙，人情也欠下不少。現下，她又有事要請薛佑琛幫忙，她欠的人情也不知道什麼時候才能還清？但這是攸關性命的事，她還得請他幫忙。

「侯爺，您能否請到名醫？」林舒婉問。

「妳身子不好？」薛佑琛低沈的聲音如溫泉敲金石，透著關切。

「不是我。」林舒婉搖頭，把她和包姨娘的交易，以及包姨娘取了兩味藥材後，林明宣病情加重，危在旦夕的事情，一一告訴薛佑琛。

薛佑琛道：「若我所料不錯，林相這個續弦是想一石二鳥，害了庶子，再嫁禍給妳。

「事關人命，又與妳有關，我去找個大夫。」薛佑琛道：「我恰巧和一位名醫交情不錯，我立刻就讓他到相府來，但願能趕得上。」

「好。」林舒婉點頭。「另外，我還想請侯爺想法子通知我舅舅，請他盡快趕到林相府。」

「好。」薛佑琛道：「我想法子知會裴展充，此事不難。」

林舒婉抬頭。「謝謝你。」幫她良多。

薛佑琛突然低下頭，高挺的鼻尖對著她的。

山洞本就逼仄，兩人鼻尖對鼻尖，只有一寸距離。

他的氣息有力而溫柔，拂到林舒婉臉上，讓她覺得臉有些發燙。

薛佑琛低頭凝視著她，她輕細的呼吸帶著幽香，漸漸將他包圍。

心頭有些燥意，薛佑琛喉結上下滾動。「妳日後再謝也不遲。」

林舒婉臉上發燙，終於受不住這樣的氣氛，忍不住頭往後仰，想離他的鼻尖遠一些。

咚！

她的腦袋後就是山壁，向後一仰，後腦便撞到山壁的石頭上。

沒有預想中的劇痛，只有眼前人微斂的眉心。

林舒婉意識到怎麼回事，連忙站直身子。

「侯爺，你的手怎麼樣了？」

「怎麼突然往後仰？怕我唐突妳？」薛佑琛把手從林舒婉的腦後移出來。「這石壁凹凸不平，十分堅硬，妳突然往後仰，後腦撞到石壁，就是不流血也要烏青。」

「謝謝你幫我用手擋。」林舒婉垂下眸，翹長的睫毛在空中顫了顫。

「不必客氣。」薛佑琛道。

林舒婉道：「你的手背擦破了皮，需要處理一下。你還隨身帶著傷藥嗎？」

自從上次薛佑琛從涼棚裡把她救下後，她便知道他有隨身帶傷藥的習慣。

薛佑琛鬆開眉心，鳳眼露出幾許笑意。「帶了。那就有勞了。」

說罷，他從懷中取出一個小瓷瓶，遞給林舒婉。

條件有限，沒辦法清洗傷口，林舒婉便打開瓷瓶，將藥粉撒在薛佑琛手背的傷口上。

薛佑琛一瞬不瞬地看著她認真為他上藥的模樣。

很快地，手背上的擦傷處都撒上了藥粉。

「好了。」林舒婉道。

「那我這就走了，我盡快帶大夫過來。」薛佑琛道。

「嗯。」林舒婉道：「路上小心些。」

薛佑琛轉身，終於勾唇微笑。每次來林相府看她，他最喜歡聽的就是她這句「路上小心」。

他捻了捻手指，方才她為他上藥時，就是一手按在手指的這處，另一手上藥的。

手指這處似乎還留有她溫熱的體溫。

裴展充來到了林相府。

為什麼要在快入夜的時候到林相府拜訪？他也不知道。

方才他剛吃完晚飯，正在考校子女功課，便有下人來報，說南陽侯府的老管家拿了南陽侯的名帖，來傳句南陽侯的口信。

南陽侯位高權重，深得帝心，裴展充也是要給幾分面子，更何況這老管家是拿了名帖的。名帖代表南陽侯本人，有正式的意思。

只是這大晚上的，南陽侯要跟他說什麼？

裴展充心裡奇怪，命人將南陽侯府的老管家帶到眼前。

薛榮貴站在屋子中央，給裴展充行禮。「侯爺說，有急事請王爺立刻到林相府一聚。」

裴展充人已經到林相府了，他依舊沒想明白，南陽侯請他這個北敬王到林相府一聚，算是什麼意思？

他雖然敬重南陽侯，可跟他不是很熟悉。

至於他和林庭訓，若沒有裴明珠這層關係，也是八竿子打不著邊的。就算到現在，他和林庭訓也不是很熟稔。

裴展充心道，莫非是因為舒婉？

一想到南陽侯請他到林相府一聚，可能是因為舒婉，他就不再猶豫。

該不會舒婉發生了什麼事？

裴展充的突然到訪，讓林庭訓也吃了一驚。

不是說好過兩日再來的，這才過了一日，怎地就又來了？

不管如何，既然人都來了，他還是攜著林竇氏一起去接待裴展充。

「王爺，本以為您過兩日才來，不想您今晚又來寒舍，寒舍真是蓬蓽生輝。」林庭訓說道：「就怕招待不周，怠慢了王爺。王爺請坐。」

裴展充一聽，心中越發狐疑。

他收到南陽侯的口信到林相府，可到林相府一看，根本沒有南陽侯的影子，而林庭訓對他的突然到訪像是十分吃驚，顯然事先不知情。

究竟是怎麼回事？

難道南陽侯在故意戲弄他？

裴展充想到薛佑琛那張嚴肅到幾近刻板的臉……不會的，薛佑琛不是會開這種玩笑的人。

他思索片刻，決定先按捺下心中疑惑，看看情況，靜觀其變。

「無妨。」裴展充道：「昨兒我見了舒婉，回府後便一直思念家姊。家姊早逝，但家姊的血脈還在這世上。舒婉是我的外甥女，我應該多關心她，左右今晚無事，就過來看看她。」

「原來如此。」林庭訓道：「王爺念著舒婉，是舒婉這個當外甥女的福氣。」

「說起來，今天舒婉那兒也挺忙的。」林竇氏說道：「繡娘給她量尺寸，新來的丫鬟和婆子需要她安排，一些擺設和佈置也要她處理。還有，她的貼身丫鬟畫眉也回到她身邊了，這主僕二人感情一向好，幾日不見，少不得要說一會兒話。」

林竇氏樂呵呵地接著道：「這麼一天下來，舒婉也是頗為辛苦。」

明面上林竇氏說的是林舒婉辛苦，但就這麼點事，又辛苦到哪裡去？實際上，她是在說她答應該給林舒婉的東西都已經給了。

裴展充頷首道：「那月錢給了嗎？」

林竇氏咬著銀牙。「本來打算明兒給她，倒是沒料到王爺今晚就來了。王爺您放心，十兩銀子一疋的妝花緞，都給舒婉做衣裳了，還會剋扣她的月錢不成？」

這月錢倒真不是林竇氏有心剋扣的，她一直忙著安排掉包林明宣的藥，才一時疏忽，忘了把月錢給林舒婉。

「王爺，您先喝口茶。」林竇氏繼續招呼道：「我派個婆子去把舒婉喊來。」

「有勞林夫人了。」裴展充說道。

另一頭，林舒婉別了薛佑琛後，就往自己的屋子走。

包瑞紅正坐在圓桌邊，一邊哭著，一邊焦急地盯著屋門，直到看見屋門打開，她便倏地站起來。

因為動作太猛，身形不穩，搖晃了兩下才站穩。

包瑞紅動了下唇，想問又不敢問，怕問了後，得到一個讓人失望的回答，澆滅她心中最後一絲希望。

「您、您剛才說的，宣兒、宣兒他……」

林舒婉點點頭。「別太擔心，若是不出意外，一會兒就有名醫來給明宣診治。」

「真的？會有名醫到府裡來？小姐沒有誆我？您從哪裡請來的名醫？」包瑞紅驚訝道。

「是真的，至於我從哪裡請來的名醫，妳就不要多問，也不要多想。」林舒婉道。

「好，我不問也不想，只要有名醫過來給宣兒瞧病，我什麼都依著小姐。那、那名醫什麼時候過來？」

「今晚就來。」林舒婉道。

包瑞紅長吁了一口氣，又遲疑地問：「大小姐，宣兒真的有救嗎？」

「包姨娘，現在我們只有盡人事聽天命了，相信明宣吉人自有天相。」林舒婉只能這樣安慰。

她又道：「包姨娘，我打算現在去見我爹。剛才包姨娘要去找我母親討個說法，還說要跟她拚命。而我這兒恰巧也有事情，要跟她討個說法。」

「大小姐是說讓我給小姐作證的事？」包瑞紅道：「我既然答應了大小姐，自然會做到，更何況現在我也不想放過林竇氏。走，我們這就去見老爺、夫人，我一定會實話實說。」

林舒婉搖搖頭。「用不著妳實話實說。」她湊到包瑞紅面前，小聲道：「一會兒到老爺和夫人面前，妳就這樣說……」

林舒婉剛吩咐完，就聽到屋外有婆子喊道：「大小姐，北敬王到府裡來看您，老爺和夫人讓您到正廳去。」

林舒婉向門外喊了一句。「好，這就去。」

接著她繼續道：「包姨娘，老爺和夫人都在，我舅舅北敬王也在，妳和我一起去吧，」

「是，大小姐。」

包瑞紅跟著林舒婉去了正廳。

林庭訓看到包瑞紅跟著林舒婉一起來了，蹙了蹙眉。「瑞紅，妳怎麼也來了？」

「瑞紅啊，王爺來看舒婉，沒有妳的事，妳退下吧。」林竇氏道。

林舒婉淺笑道：「不急，是我請包姨娘來的，我想當著舅舅的面，請包姨娘為我做個證人。」

裴展充問道：「是什麼事？」

「關於三年前，我和薛三爺私通的事。」林舒婉道。

林庭訓皺著眉。「舒婉，這事兒都過去了，不必再提，說多了於妳名聲有礙。」

「爹說笑了，這事不說清楚，才於我名聲有礙。」林舒婉笑道。

林寶氏心裡一緊。怎麼突然提起這件事，莫非林舒婉這小蹄子或包瑞紅知道了真相？應該不會，這事她做得小心，除了幾個辦事的下人，不會有人知道，而這幾個下人都是她的心腹。

林寶氏穩住心神。「舒婉，今兒怎麼突然提起這件事？」

裴展充心中也是狐疑。怎麼突然提起這事，莫非其中還有什麼隱情？難道南陽侯讓他急匆匆趕到林相府，與此事有關？

莫非他的外甥女是被冤枉的？

想到此，裴展充便開口。「舒婉，舅舅在這裡，妳有什麼委屈就說，舅舅會給妳作主的。」

「謝謝舅舅。」林舒婉對裴展充屈了下膝，表示謝意。

她回頭。「包姨娘，把妳知道的同大家說一說吧。」

「是。」包瑞紅應道。

她朝坐著的眾人福了福身，說道：「三年前，大小姐和薛三爺私通這件事，其實是個誤會。薛三爺之所以會在那間屋子裡，確實是要與人私通。但是……」

包瑞紅抬眼看了林寶氏一眼。

林寶氏接觸到她的目光，渾身發毛，只覺得這一眼像一把利劍，要刺了她似的。

包瑞紅收回目光，接著道：「但是，不是和大小姐私通。那日大小姐是被人潑了湯水，渾身濕透，所以才誤打誤撞去了那間屋子。其實，要和薛三爺私通的女子是……」

包瑞紅聲音小了下去。

「包姨娘，不用害怕，把妳知道的都說出來。」林舒婉道。

「是、是夫人……」

包瑞紅的聲音雖輕，但足以讓所有人都聽到。

林竇氏噌一下從座位上站起來。「妳胡說什麼？豈有此理！來人，把她拖下去，在這裡大放厥詞，誣衊主母！」

「既然是誣衊，那母親急什麼，不妨就讓包姨娘說完。」林舒婉淡淡一笑。

林竇氏氣得胸口發堵，雙目圓睜。

裴展充挑了下眉。「此事關乎舒婉的名聲，不管如何，也讓這位姨娘說下去。林相，你看呢？」

林舒婉朝裴展充微微點頭，心裡已經樂開了花。

您果真是我的親舅舅啊！

林庭訓眉頭緊鎖，臉色陰沈。林竇氏一向對他百依百順，奉他為天，怎麼有膽子去私通？

思考了一瞬，林庭訓說道：「瑞紅，妳把知道的全都說出來，也免得王爺覺得我處事不公。」

林寶氏雙手絞著衣角。

林舒婉轉身對包瑞紅道：「包姨娘，妳接著說吧。」

「是。」包瑞紅道：「妾身說的這些，都是妾身偷聽到的。妾身所言，沒有半句謊話，還請老爺明察。」

林庭訓揮揮手。「繼續說吧，我自有判斷。」

包瑞紅屈了膝。「夫人吩咐孫全福把薛三爺帶到那間屋子，夫人還說薛三爺人中龍鳳，能和他春風一度，也是一樁幸事。夫人其實是要去自薦枕席的。」

包瑞紅抬頭，怯生生地看了眼林寶氏。「夫人還說，薛三爺相貌堂堂，再怎麼也不會吃虧。這些都是妾身親耳聽到的。」

林寶氏又從座位上跳起來。「妳胡說！無稽之談，一派胡言！」

她快步走到林庭訓跟前，福身說道：「求老爺為妾身作主，老爺還妾身一個清白！」

她伸手一指包瑞紅。「這下賤東西，盡往妾身身上扣屎盆子。膽大包天，目無尊卑。老爺，這樣的下賤女子怎能留在我們相府，敗壞我們林家的門風？將她打一頓板子，發賣了才是。」

「母親，何必著急？」林舒婉幽幽開口。「當年的事，我也覺得蹊蹺，當著爹的面，我有些話想問問母親。」

「舒婉，妳有什麼想問的就問。」裴展充道。

對於裴展充的越俎代庖，林庭訓心有不滿。不過林舒婉只說是要問些話而已，若是不讓她開口問，確實說不過去。

畢竟裴展充的身分擺在那兒，林庭訓多少有點忌憚。裴展充讓林舒婉問話，他也不敢毫無理由地讓林舒婉閉嘴。

「舒婉，妳有什麼要問妳母親的，妳就問吧。」林庭訓並不太相信林竇氏會去向薛家老三自薦枕席，既然林舒婉有什麼話，要問就問。

「是。」

林舒婉轉向林竇氏。「三年前，薛三爺酒醉離席。按照母親的說法，我和酒醉的薛三爺在園子附近撞見了，隨後，我看上了相貌俊美的薛三爺，對他動了春心，想要和他結成秦晉之好，而薛三爺酒醉間，也對我起了意。於是，我們便避開眾人耳目，鑽進了旁邊的屋子。」

「確實是這樣。」林竇氏說道。

林舒婉笑道：「薛三爺是我爹請來的貴客，酒醉之後，怎會讓他獨自一人在林府裡亂走？」

林庭訓說道：「我當時讓妳母親安排人照看薛三爺，我記得有一個小廝把薛三爺扶走的。」

「是啊。」林竇氏說道：「老爺的吩咐，妾身自是不敢怠慢，妾身安排小廝孫全福去照顧薛三爺。只是薛三爺和舒婉看對眼後，那薛三爺就把孫全福給打發了。」

林竇氏心中冷笑。孫全福是她的心腹，當時口供都對好了，林舒婉再問也問不出個所以然來，還想給她扣屎盆子？

「好，既然如此，我倒要問問母親，正廳旁邊就有幾間空屋，還有專門為客人準備的客房。薛三爺喝醉後，難道不是應該把他立刻扶到旁邊的客房休息？」

林舒婉笑道：「母親，正廳離園子有不少距離，平時走路都要走上半刻鐘，母親卻讓小廝把一個半醉不醒的人辛苦地扶到園子，這孫全福扶得也是不容易啊。

「有句話叫反常即為妖，母親這麼做，必然有其道理。」林舒婉道：「我本來一直想不明白，後來我聽了包姨娘的話，這才理解。那園子附近的屋子極為偏僻，平時沒什麼人去，要做什麼事也很方便。

「母親見薛三爺年輕俊美，心中便起了意，所以特地吩咐孫全福將薛三爺扶到偏僻的屋子裡，然後就可以自薦枕席。母親定是覺得，薛三爺年輕氣盛，又半醉半醒，自己的姿色雖稱不上頂尖，但也不平庸，薛三爺定然把持不住，母親也可以和薛三爺做一次露水鴛鴦。」

聽林舒婉這麼一說，林竇氏氣急敗壞。「妳混說什麼，我怎麼可能去自薦枕席？妳這不孝女膽敢誣衊繼母?!」

「母親，我再問妳，」林舒婉往林竇氏的方向踏近一步。「妳說我和薛三爺看對眼後，就打發走了孫全福？母親吩咐孫全福扶薛三爺去休息，隨後孫全福卻聽一個酒醉之人的話，把貴客丟給府裡的閨閣小姐，自己跑了。孫全福又不是新來的，要是這麼不知事，怎麼可能成為母親的親信？這根本說不通，是不是？」

林舒婉接著道：「說不通就對了，因為母親是為了自薦枕席才讓孫全福把薛三爺往園子那裡扶。而我因為濕了衣衫，誤打誤撞進了那間屋子。母親見事敗，就隨口編了個漏洞百出的故事，什麼我和薛三爺看對了眼、酒醉的薛三爺打發走了孫全福。這些根本就是無稽之談。」

「妳……」林竇氏咬牙，雙膝一曲，跪倒在地上，向林庭訓哭喊道：「妾身行事規規矩矩，不敢有半分逾越，怎麼會做這種不知檢點的事？何況妾身心裡只有老爺，對老爺忠貞不二。老爺，您要為妾身作主啊！」

「呵呵。」林舒婉輕笑一聲。「好個忠貞不二，那我剛才所問，母親又如何解釋？」

這……

林竇氏一滯，動了動嘴唇，不知道該怎麼解釋。

她為什麼要捨近求遠，讓孫全福把人往園子帶，而不是直接帶到正廳旁邊的廂房？那是因為林舒婉一個閨閣小姐，沒事又不會跑出二門，去正廳附近晃，她只會在園子附近走動。

她讓嬤嬤把林舒婉潑濕，再引林舒婉去園子附近的屋子換衣裳，一切才能順理成章。

至於為什麼孫全福這麼個伶俐人會這麼不知事，把一個醉酒的客人丟給府裡的小姐，自己跑了，因為這本身就是莫須有的事。

但她能說出實情嗎？

不能，若說出實情，就等於承認自己陷害繼女，誣衊繼女私通。

可若不說出實情，她就有自薦枕席未遂的嫌疑。

林竇氏心裡直發苦。

林庭訓見林竇氏又急又跳，有話說不出的猶疑模樣，心裡也泛起嘀咕。

究竟是怎麼回事？這裡頭有什麼隱情？莫非……莫非林竇氏真的是個不知檢點的浪蕩女人？

「叫孫全福過來。」林庭訓說道。

林竇氏鬆了口氣。

孫全福是孫嬤嬤的兒子，孫嬤嬤是她的陪嫁丫鬟，是她最信任的下人之一。

孫全福十四歲進府當差後，聰明伶俐，也會討好人，林竇氏很器重他，一力培養他。

若不是孫全福未及弱冠，林竇氏怕其他下人不服氣，早就把孫全福提為管事，而不是只當個小廝。

關於孫全福的事，林竇氏早就同孫嬤嬤和孫全福本人說好了，等過了年，孫全福到了弱冠，就提拔他做管事。

以後說不定還能當個管家，前途一片大好。

孫全福是個伶俐人，知道自己的前程要靠著誰，知道什麼該說、什麼不該說。林竇氏對孫全福還是很信任的。

再說了，三年前，她已經和孫全福對好了口供，就說孫全福是按照她的吩咐把薛三爺帶到園子，然後碰到了林舒婉，再然後，薛三爺把他打發走了。

只是三年前，這口供沒用上。畢竟林舒婉衣衫不整地跟薛三爺共處一室，許多雙眼睛都看到了，還要什麼口供？

林舒婉不容辯駁，當場就被扣了私通的罪名。

現在林舒婉要重提舊事，為自己辯駁，那這口供正好可以用上。

至於林舒婉提出的幾點質疑。她打死不承認，頂多是她安排失了妥當、孫全福辦差不盡心，還能拿她怎麼辦？

林舒婉聽林庭訓要喊孫全福來問話，心裡一樂，但面上自是不顯，還假裝遲疑道：「這……孫全福是母親的親信，他一定會幫母親的。」

林竇氏剜了林舒婉一眼，得意道：「妳是為自己開脫，妳說的更不可信，包瑞紅更是信口開河。孫全福所說，自是可信多了。」

包瑞紅朝林舒婉看去，目光透露著擔憂。

孫全福的供詞肯定跟她說的不一樣，到時又如何收場？

第十六章

不多時，孫全福便被帶到廳中。

孫全福十九歲，唇紅齒白，長相討喜，眼睛很亮，看著就是機敏之人。

他朝堂上幾人躬身行禮。

「全福，三年前，我在府中宴請京中才俊，薛家三爺也在邀請之列。」林庭訓說道：「薛三爺酒醉後，是你扶著薛三爺離席休息的嗎？」

孫全福心裡嘆了口氣。這麼快就來了。

他朝林竇氏看了看，他的前程重要，可身家性命更重要，一想到今日白天他是如何被敲打、被警告，一想到那些人還有上千種法子可以讓他過得生不如死，他心裡便一陣發寒。

被那樣警告過，有誰會不怕？反正他是怕了。

「回老爺的話，小的奉了夫人的命，將薛三爺帶進園子附近的那間屋子裡。」孫全福道。

林庭訓驚訝道：「你帶他進了屋子？不是在園子附近被薛三爺打發走了？」

「小的沒有被薛三爺打發走，小的把薛三爺帶進園子附近的空屋。」孫全福肯定道。

孫全福說的是實話。

包瑞紅鬆了一口氣，至少孫全福說了實話，沒有幫著林竇氏說謊。

林竇氏一驚。

不是對好口供了嗎？這孫全福怎麼把實話說出來了？莫不是他忘了三年前對的口供？這讓她如何圓回來？

林庭訓臉色陰沈下來，接著問道：「夫人命你把薛三爺帶到園子附近的屋子？正廳旁邊這麼多空屋不去，夫人為什麼要讓你把薛三爺帶到園子附近？」

「老爺問話，小的不敢隱瞞。」孫全福說道：「夫人說，薛三爺人中龍鳳，若是和他春風一度，也是幸事。」

包瑞紅眨巴了兩下眼，心裡驚詫萬分。孫全福的口供和她的口供一模一樣，她的口供是剛剛林舒婉要她說的，孫全福的口供怎會也是這個？

林竇氏心裡咯噔了下。「全福，你在說什麼？」

裴展充也不由一愣，隨即他動了動身子，在官帽椅中調整了下坐姿。

有意思。雖然南陽侯到現在還沒出現，但他也沒有白來。

看來舒婉當年確實是被冤枉的，不僅如此，他還看到了一齣大戲。

林庭訓朝裴展充瞥了一眼，把目光放在林竇氏身上。

這個平日看著對他百依百順、伏低做小的女人，竟然想偷人，想讓他當王八？

對於任何一個男人，這都是奇恥大辱，更何況他還是當朝丞相，而且此時還有個外人裴展充在旁邊。裴展充還是他髮妻的弟弟，又是皇親，他不可能讓裴展充為他保密。他的夫人要給他戴綠帽，必定會搞得人盡皆知，他日後在朝中還有什麼臉面？都是這個女人，淫賤之輩！

林庭訓陰沈著臉，一步步走向林竇氏。

林竇氏一個哆嗦，終於意識到事情的嚴重性。

她被扣了一個罪名，從此以後，她的人生就毀了。

她跌倒在地，耳邊傳來林舒婉幽幽的話語。

「滋味不好受吧？到現在還不說實話？」

她猛然抬起頭，一雙柳葉眼直直盯著林舒婉。

「是妳？」

當初是她陷害林舒婉，讓她名節被毀，經歷過這種滋味。而現下，林舒婉才問她這種滋味好不好受。

林舒婉清楚她是被冤枉的，因為這次讓她陷入困境的不是別人，正是林舒婉。

「是我。」林舒婉毫不避諱地點頭。

她卻接著道：「是我，明明只是去換身衣裳，卻恰巧進了薛三爺休息的那間屋子。是我，蒙受了不白之冤，名節毀於一旦。是我，成為妳的遮羞布、替罪羊。」

「妳胡說……妳明明……」林竇氏心裡羞惱、憤恨到極點，卻百口莫辯。

「母親，妳就實話實說吧。」林舒婉說道。

林竇氏慢慢垂下眼。

真的要招出真相？

「一個丞相夫人，想要與人私通？」林舒婉道：「母親，妳再仔細想想。」

林竇氏心中發苦。

她要是真的名節被毀，定了她意欲私通的罪名，會是什麼下場？

被休是最輕的。

她沒有林舒婉的身分。再怎麼樣，林舒婉是相府的大小姐、秀宜郡主的女兒，南陽侯府不敢真弄出人命來，一紙休書休了便是。而她娘家官位不高，還要仰仗林庭訓。

林庭訓也不是薛佑齡。

薛家三爺光風霽月，以仁德之心修身，寫下休書已經是對不貞女子最大的懲罰了。

但是林庭訓……

林竇氏眼角悄悄抬起，偷瞧一眼林庭訓，見到他陰毒憤怒的眼神，連忙垂下眼。

她伴他身邊多年，自是知道枕邊人不是什麼善良之輩。

他會怎麼對她？

一杯鴆酒？

三尺白綾？

還是留著性命，讓她過得生不如死？

相較之下，陷害繼女的罪名似乎要小很多，至少在林庭訓心中，陷害他女兒失去名節，定是比夫人偷人要輕許多。

「母親，到現在還死不認罪嗎？」林舒婉道。

林竇氏口中腥甜。林舒婉是以此來逼她說出真相。

「好，我說。」林竇氏深深嘆了一口氣，似乎用完身上所有力氣。

「妾身之所以讓孫全福走了許久的路，把薛三爺帶到園子旁邊的屋子，是有原因的。」林竇氏說道：「不是為了什麼自薦枕席，而是因為那裡方便把舒婉也引過去。」

裴展充不喝茶了，握著瓷杯的手頓住，身體也繃直。

林庭訓眉頭皺起。

林舒婉淡淡看了林竇氏一眼，立到一邊，等她繼續招認。

「孫全福也沒有被薛三爺打發走。」林竇氏說：「孫全福把薛三爺領到那間屋子休息後，妾身就讓孫嬤嬤引大小姐去那間屋子換衣裳。

「至於剛才孫全福和包瑞紅說的，妾身說了什麼薛三爺一表人才的話，」林竇氏想了想，接著說道：「妾身不記得自己說過，若是妾身真的說過，應該也是說薛三爺一表人才，妾身安排大小姐和薛三爺共處一室，若是兩人真的春風一度，大小姐能就此嫁給薛三爺，也是一樁幸事。」

林竇氏心裡發苦，孫全福和包瑞紅說的這些話，她根本沒說過。包瑞紅也就罷了，連她的心腹孫全福也這麼說，也不知林舒婉究竟用了什麼法子，讓孫全福也幫著一起陷害她？

不管如何，這麼一致的口供，她想否認都不行，還不如換種說法認下來。

「妾身知錯了，請相爺責罰。」林竇氏道。

裴展充從座位上站起來。「方才我以為，妳看上了薛家老三，而舒婉誤打誤撞壞了妳的好事，妳為了掩人耳目，就往舒婉身上潑髒水。現在竟知妳是處心積慮設計陷害舒婉。舒婉究竟哪裡礙著妳的眼，妳要這樣陷害她?!」

對於裴展充來說，人家夫人是不是準備偷人只是個八卦，外甥女的事才是最重要的。之前他以為林竇氏是為了掩人耳目，才向林舒婉扣屎盆子，這已讓他十分氣憤。現下得知，這竟然是事先有心安排，更讓他胸中盛怒。

他轉向林庭訓。「林相，舒婉的娘親已經去世了，不過我這當舅舅的還在，林相是不是應該給個交代？」

林庭訓聽林竇氏說出真相，卻莫名鬆了一口氣。

相較而言，他的繼室陷害了他的嫡女，對他來說，只能算他治家不嚴，內院混亂。這比起他的夫人偷人來說，要輕許多。

至於被構陷私通，對林舒婉的傷害有多大，他且也管不了了。

當著裴展充的面，林庭訓自不會把心中所想表現出來，他指著林竇氏，怒道：「原來三年前舒婉根本就沒有私通，是妳陷害了她。她也是妳的繼女，妳怎能如此害她？」

林竇氏瑟縮了一下。

「老爺息怒，妾身只是嫉妒舒婉可以風光大嫁，妾身出嫁的時候婚事簡樸，妾身心裡妒忌舒婉，一時想岔才做錯了，求老爺原諒。」

「所以妳就毀了她的名聲？」林庭訓喝道。

他再婚時，為了營造清廉守節、一心為公的好官形象，所以婚宴沒有大操大辦，而是十分簡樸，甚至有些草率。原以為林竇氏沒有介意，沒想到她終還是在心裡長了刺。

「再怎麼樣，妳也不能陷害繼女，毀她名聲。」林庭訓皺眉。「妳當真是害了舒婉！」

「還有一事。」林舒婉道。

「舒婉，還有什麼事？妳儘管說，有舅舅在。」裴展充說道。

林庭訓睨了裴展充一眼，對於這個在一邊看戲、幫林舒婉撐腰，偏偏身分貴重的北敬王，他也是恨得牙癢癢。

他收回目光，對林舒婉道：「舒婉，有什麼事，妳說吧。」

林舒婉道：「我娘的嫁妝裡有一塊白玉玉珮，這玉珮是帶血絲的暖玉。但是我收到的嫁妝裡，那白玉玉珮只是一塊普通的白玉玉珮。我想問問母親，那塊血絲暖玉呢？」

林竇氏心裡驚詫。

林舒婉是怎麼知道的？

白玉玉珮被掉包，只有她和秦嬤嬤兩人知道。

莫非秦嬤嬤出賣了她？

林竇氏原本極為信任秦嬤嬤，現在卻不禁懷疑。林舒婉既然能讓孫全福背叛她，那也可以讓秦嬤嬤出賣她。

這麼想來，玉珮的事情極有可能就是秦嬤嬤出賣了她，是秦嬤嬤把實情告訴了林舒婉。

事已至此，再反駁也沒有用。

林竇氏的手從領口處伸進去，將胸口的暖玉玉珮取出。

暖玉取出，領口隨之進了冷風，林竇氏胸前冰涼。

林舒婉接過暖玉，仔細看了一下，見白玉玉珮一角上確實有幾條細碎紅絲，玉珮握在手裡，散發著熱度。

她心下明白這才是真貨。

包瑞紅盯著林舒婉手裡的玉珮看了幾息，也確定這塊玉珮就是秀宜郡主嫁妝裡的那一塊。

她順著玉珮朝上看向林舒婉的神情，見林舒婉神色泰然自若，既沒有得到珍寶的興奮激動，也沒有氣憤痛恨，完全看不出林舒婉現在的想法。

喜怒不形於色。

包瑞紅暗道，她怎麼一直沒有發現，府裡怯弱膽小的大小姐，竟是個不容小覷的厲害角色？

剛才她逼得林竇氏招供了三年前的陷害。現在簡簡單單一句話，又輕而易舉讓林竇氏連反駁的話都沒有，直接交出玉珮。

林庭訓見到眼前的情景，心裡也明白是林竇氏私藏了秀宜郡主嫁妝裡的玉珮，用了一塊假貨代替真品給了林舒婉。不知怎的，被林舒婉發現了，林舒婉問她討要，林竇氏便只能交還。

「不像話！」林庭訓轉向林竇氏，眼裡的失望之色毫不掩飾。

他這個續弦出身雖不高，但也是官宦人家的小姐，斷文識字，平日裡也有些小情趣。更重要的是，她會小意伺候，還會笑臉奉迎，平時也是溫柔體貼，對他百依百順，沒想到她竟然這樣小家子氣，上不了檯面。

手段毒，人還蠢。

裴展充都拿出嫁妝單子來要嫁妝了，她還拿了塊假貨，就沒有想過被發現的後果？為了一點嫉妒心，陷害繼女，真是十分惡毒，而且手段還很差勁，破綻良多。

他怎麼娶了這麼個蠢續弦？

「林相，你要教訓妻室，自可以在人後教。」裴展充道：「你妻室陷害舒婉，偷換玉珮，這兩件事，你打算如何給舒婉和我這個當舅舅的一個交代？」

林庭訓抿了下唇。

怎麼罰林竇氏？

林庭訓卻是猶豫了。

三年前，林舒婉和薛佑齡私通一事，讓他在朝中丟盡顏面。

若是三年後，再爆出三年前是他夫人構陷繼女，毀了繼女名節，那他定會再一次顏面盡失。

雖不像夫人偷人這麼恥辱，但被人詬病治家不嚴是逃不掉的。

甚至還有一些政敵會彈劾他，會說他一家之地尚且治不好，又何以治國？

若是按照他的意思，林竇氏是一定要罰的，但最好是在私底下罰，不能讓旁人知道其中原委。這樣他就不會在朝堂丟失顏面，也不會被人彈劾。

只是這樣的話，該如何跟裴展充交代？

若是私底下罰了林竇氏，將林竇氏陷害林舒婉的事壓下去，那林舒婉這私通的罪名便不能洗清，她的冤屈便不能平反。

而裴展充顯然是不會答應的。很明顯地，裴展充問他要一個交代，就是要他把這件事公諸於世，還林舒婉一個清白。

如何才能將這件事掩蓋，又能向裴展充交代？

林舒婉見林庭訓猶豫不決，心中不禁冷笑。

她的好爹爹，在他的顏面和仕途面前，親生女兒的名聲和人生，又算得了什麼？

林舒婉冰冷的目光落在林庭訓身上，心中為原主哀嘆，怎會有這樣一個父親？

裴展充見林庭訓遲遲不說話，心中也是不悅，沈聲道：「怎麼，林相是個什麼說法？」

林庭訓沈著臉，兩腮肌肉顫了幾下，正待說話，門口就傳來老僕的聲音。

「老爺，南陽侯來了。」

林庭訓驚訝道：「南陽侯來了？」

這大晚上的，南陽侯怎麼又來了？

在朝堂上，他是文臣，他是武將，沒什麼交情。在林舒婉被休前，兩家也是親家，親家上門拜訪，還可以理解。

但林舒婉已經被南陽侯府休了出來，他們林相府和南陽侯府也算斷了關係，怎麼這會兒南陽侯竟在日落後到他府上？

門口老僕接著道：「南陽侯說他有急事找相爺，另外，他還說，他知道北敬王在我們府裡，他也來見一見北敬王。」

林庭訓狐疑地轉頭看了裴展充一眼。

裴展充不以為意地挑了下眉。

林庭訓對門外道：「請南陽侯到大廳。」

他對裴展充道：「王爺，南陽侯到訪，還說要見您。既然如此，舒婉和內人的事先放一放。王爺放心，我一定會給王爺一個交代。」

「好。」裴展充應道。

林庭訓見廳中除了裴展充以外，還有林竇氏、包瑞紅這一妻一妾，以及林舒婉這個嫡女，三個女眷鬧哄哄的，他便道：「妳們三人先退下去吧，一會兒再喚妳們。」

「是。」

林竇氏和包瑞紅各自行禮應下。

林舒婉想了想，便也應下。「是，爹。」

三人退出了正廳。

林竇氏一走出屋子，腿腳一軟，險些摔倒，幸虧旁邊的婆子眼明手快，將她扶起。「夫人，您小心著些。」

林竇氏勉強站穩，盯著林舒婉，眸中盛著怨憤。

林舒婉朝她淡淡看了一眼，別開目光。

「扶我回去。」林竇氏道。

「是。」

婆子扶著林竇氏的胳膊，一起離去。

包瑞紅走到林舒婉身邊，拉著她衣衫的一角。「大小姐，您讓我說的，我已經都說了，那大夫……」

「大夫應該已經來了。」林舒婉道。

「真的？」包瑞紅又驚喜又疑惑。「大夫來了？大夫在哪裡，怎地已經來了？」

「我去妳那裡坐坐，我們一起等大夫過來。」林舒婉道。薛佑琛既然已經報了自家姓名，上林相府登門拜訪，定是已經請到名醫，帶著名醫過來了。

「好、好，等大夫來、等大夫來。」包瑞紅忙不迭點頭。

林舒婉跟著包瑞紅去了浮曲院。

浮曲院是林相府裡一個偏僻小院，包瑞紅帶著林明宣住在這裡。

包瑞紅帶著林舒婉進入堂中，堂裡的家具齊全，但已有些陳舊，博古架上也放了些擺設，大多是花架子，看著熱鬧好看，但都不是值錢的東西。

看來包瑞紅母子在林相府過得並不算好。不過包瑞紅只想過安穩日子，求仁得仁，她這些年過得也算太平。

要不是林明宣身體不好，她也不會貿然去找林舒婉，捲入林舒婉和林竇氏的是非。

從大堂的邊門走進去，便是一間屋子。

林舒婉一進這屋子便覺得熱，在屋子裡一眼掃過去，小小一間屋子點了三個炭盆，讓這間屋子的溫度比外面的大堂高很多。

隨後，林舒婉的鼻子便充斥著藥味，應該是這屋子裡的人經常喝藥，為了保暖，內屋門緊閉，藥味散不掉，所以整間屋子都是藥味。

屋子裡有一張架子床，床上躺了個半大男孩。

林明宣已有十三，許是長年體弱的緣故，看著只有十一、二歲。

少年正在睡覺，臉上露出不健康的潮紅。

少年的旁邊有個老婆子在照顧著，這老婆子看到包瑞紅和林舒婉進來，就走過來屈膝行禮。

包瑞紅擺擺手，給她做了個噤聲的手勢。

老婆子會意，退到一邊。

幾人的動靜到底驚動了床上的少年，林明宣緩緩睜開眼睛，虛弱地叫了一聲。「姨娘。」

「噯，姨娘在這裡。」包瑞紅應了一聲，便立刻衝過去。「吵醒你睡覺了？」

「孩兒本來就淺眠，不是姨娘吵醒的。」林明宣道。

林明宣看著林舒婉，眼神陌生。

「姨娘，這是……」

原主出嫁前和這個纏綿病榻的弟弟不是很熟稔，出嫁三年，又沒有見過林明宣，所以林明宣自是認不出林舒婉的。

「這是你的嫡長姊，你大姊來看你了。」包姨娘道。

「大姊。」

林明宣喊了一聲，立刻咳嗽起來，包姨娘立刻遞給他一方帕子。

林明宣用帕子捂著嘴，咳了一陣，再拿開帕子，就見帕子上有些鮮血。
包瑞紅收起帕子，別開眼，眼眶裡盛滿水氣。
她怕林明宣看到，硬是憋著沒讓眼淚流下。
林明宣伸出又瘦又白的手，抓住包瑞紅的袖口。「姨娘，我大概要死了吧？」
「胡說！」包瑞紅立刻道：「你大姊來看你了，你大姊找了名醫給你瞧病，你很快就會好起來的。」
「真的？我不會死，會好起來？」林明宣耷拉的雙眼突然明亮起來，他轉頭問林舒婉。
「大姊，姨娘是不是在誆我？」
林舒婉在床邊拉個錦凳坐下。「你娘沒有誑你，大姊想法子找了名醫來。明宣，你覺得身子如何？」
「身子不舒服，胸口疼痛，頭也暈暈的，身上還痛。」林明宣睜大眼睛。「但是吃的藥再苦、身上再痛，我也不想死。我十三歲了，還沒有上過學堂，沒有唸過書。」
包瑞紅忙別過頭，用袖口擦擦眼角。
林舒婉看著小小少年活受罪，掙扎求生，心裡也是一陣難受。
要不是林竇氏換了藥，讓藥性發生變化，林明宣的身子說不定已經好轉，何至於病情急轉直下，危在旦夕？

薛佑琛由下人領著，走進正廳，跟著他的還有一名男子，白面無鬚，臉色紅潤，頭髮烏黑。穿著普通的錦袍，卻有幾分道骨仙風的氣質。

「侯爺大駕，有失遠迎。」林庭訓迎出去。

「林相客氣。」

薛佑琛聲音清冷如泉，神色淡漠，一路走進來，步伐果敢，周身帶著戰場將領才有的煞氣。

「王爺。」薛佑琛又和裴展充打了招呼。

「侯爺。」

裴展充頷首，他見薛佑琛不打算和他多說，便也不多問，只是心裡狐疑，薛佑琛讓他到府裡一聚到底是什麼意思？

他已經猜到幾分，應該和剛才林舒婉洗清冤屈有關係，那麼他現在過來又是為什麼？

林庭訓看向薛佑琛旁邊之人，問道：「這位是……」

「這是太醫院的左大夫。」薛佑琛說道。

林庭訓愣了愣。「原來是左大夫，失敬失敬。」

左敬在太醫院任職，卻不是一般的太醫。他的醫術可以說是大周第一人，若不是因為他醉心醫術，不想管庶務，那太醫院的院首非他莫屬。

皇上得病時，第一個想到的就是他，因此在皇上面前也是有些臉面的，就算是跟皇上，他也可以說得上話。

林庭訓不敢怠慢，忙道：「今日寒舍當真蓬蓽生輝，請坐。」

左敬道：「林相不必自謙，我今天是被侯爺喊來幫忙治病的。我就不坐了，還是看病要緊。」

林庭訓疑惑地看了眼薛佑琛。

治病？給誰治病？

薛佑琛見林庭訓疑惑，就開始胡亂編造，找了個理由讓左敬給林家庶子治病。

「林家大小姐嫁進侯府三年，大約是跟舍弟佑齡說過林家二少爺身子單薄，要靠藥石續命。這幾日我在家中，無意中聽舍弟提起此事，便記下了。今天我正巧和左大夫約好小酌，就順便請他到林相府來為府上二少爺瞧一瞧病。」

左敬似笑非笑地朝薛佑琛睨過去。

什麼約好小酌，順便邀請？明明是特地到他家裡，請他過來看病的。還說是受了林家大小姐所託。

受一個女子所託，特地來請他出門看病，實在不像是薛佑琛會做的事。倒是不知道這林家大小姐是怎樣的人物，會讓清冷如霜、銳利如劍的南陽侯出馬請人？

林大小姐傳言頗多，他也有所耳聞，身世曲折，口碑極差。

不過左敬雖醉心醫術，但好歹也是經常出入宮闈的，而且本身也是出身世家，知道傳言不可盡信。

「侯爺真是有心了，左大夫高義。」林庭訓說道。

「還請林相帶路。」左敬說道。

「好，隨我來，我引你們過去。」林庭訓說道。

裴展充摸了摸鼻子。「那我也去看看。」

林庭訓兩邊腮肉動了動。

這個時候，北敬王不是應該主動告辭嗎？也要跟著去看一看是什麼意思？

林庭訓不希望裴展充再摻和他的家事，但北敬王的地位擺在那裡，他又不能趕人。他要帶左敬和薛佑琛給小兒子看病，那北敬王就沒有人作陪了。

無奈之下，林庭訓只能捏著鼻子應下來。「好啊，若是王爺不嫌棄，那便一同去吧。」

走了一會兒，幾人便到了。

「這位是左太醫，大周醫術拔尖的大夫，專給皇上看病，宣兒能得左太醫醫治，是他的福氣。」林庭訓對包瑞紅說道。

見到左敬，包瑞紅心裡又是喜又是憂。

喜的是，有這麼一位名醫為宣兒治病。憂的是，宣兒已經病入膏肓，也不知道還有沒有得治？

她哀求道：「求左大夫救宣兒一命！」

左敬看了看林明宣的臉色，蹙了下眉。「莫急，我這就給這位小少爺看看。」

左敬走到床邊，給林明宣搭脈。

林舒婉立在一邊，朝站在屋子中央的薛佑琛看過去。薛佑琛似乎感受到她的目光，立刻把目光挪過來，與她四目相對。

清冷得像覆蓋積雪的眉眼瞬間融化，他朝她點了點頭。

林舒婉也輕點了下頭。

隨後，兩人目光錯開。

左敬搭完了脈，又望聞問切了一番，眉頭越蹙越緊。

他抬頭問：「到底怎麼回事？這孩子的身體今日似乎剛剛受到重創一般。」

林庭訓心中疑惑。

他剛請了路大夫來給林明宣看過病，路大夫雖不及左大夫，但也是太醫院的太醫，路大夫還開了方子，叫他按照藥方吃。

包瑞紅聽左敬所言，眼眶驟然就紅了。「我兒的病情，不敢隱瞞左大夫。」

於是，包瑞紅把從林庭訓請路大夫來看病，一直到府裡的凌大夫發現犀角換成牛角都告訴了左敬。

「把藥的殘渣給我瞧瞧。」左敬說道。

包瑞紅把藥渣遞給左敬。
左敬檢查了一番，怒道：「果然把犀角換成了牛角，換了一味重要的藥材，整個藥性就變了，這是要人性命吧！」
「左大夫，您救救宣兒吧，宣兒才十三歲啊！」包瑞紅紅著眼道。
左敬說道：「幸好我來得及時，要是到了明天日出，就是神仙也救不回來了。」
包瑞紅胸中巨石落下，渾身的力氣都像被抽乾似的，靠著架子床的木欄。
左敬說道：「我要為這位小少爺用針灸之術急救，還請諸位到門外稍候。」
「好。」
薛佑琛應了一聲，首先走出屋子，進入廳堂。
裴展充和林庭訓緊跟著進了廳堂。
林舒婉也走出屋子，最後包瑞紅也戀戀不捨地走出來。
屋門關上前，林舒婉聽到屋子裡，左敬對林明宣說：「針灸有些疼，你要忍著些。」
林明宣回答：「我不怕疼，只要能治好病。」
屋門被包瑞紅輕輕帶上。
林舒婉見屋門已然關緊，便對林庭訓道：「爹，宣兒的犀角是從我娘的嫁妝裡取的，沒想到嫁妝中，除了那塊白玉玉珮外，連藥材也被調換了。」
「呵！」裴展充冷笑一聲。「我來替舒婉問你們要家姊的嫁妝，你們林家倒好，竟然一再用假貨換了真貨給舒婉。」

林庭訓咬了咬牙。「王爺放心，此事我一定會給王爺一個交代。」

他朝旁邊的婆子道：「去把夫人喊到這裡來。」

「是。」婆子應聲離開。

林舒婉心中暗道，林竇氏之前把白玉玉珮換成假貨，有了這個先入為主的印象，那林竇氏會偷換嫁妝中的藥材，在眾人看來也是順理成章的了。

少時，林竇氏便被婆子喊到了堂中。

林庭訓一見林竇氏，勃然大怒，憋了一肚子的火就朝林竇氏撒去。

「妳這蠢婦，妳偷換玉珮、偷換藥材……」

「我沒有偷換，是……」

林竇氏話還沒說完，就被林舒婉打斷。

「母親，明宣的藥是從我娘的嫁妝裡拿的，我娘的嫁妝是母親前日剛剛清點出來還給我的。除了母親，還能是誰把藥材換了呢？母親換了白玉玉珮不夠，竟然還換了珍貴藥材，妳究竟偷換了多少東西？」

林竇氏張了張嘴。這藥材是她命人換的，可是是包瑞紅拿回藥材後，她才讓人在廚房裡換的。

她卻不能說。

林舒婉直視林寶氏，她心裡清楚，其實林寶氏十有八九在包瑞紅拿藥材回去後，為了害林明宣而故意換的藥，不是之前換的嫁妝。

不過，那又怎麼樣呢？

林舒婉不在乎，只要換藥材的人是林寶氏就行了。有玉珮之事在前，說林寶氏偷換嫁妝裡的藥材，林庭訓定然深信不疑。

林舒婉決定再加一把火。

她對林庭訓說道：「爹，換玉珮也就罷了，畢竟是身外之物，但藥材是治病救人的。今兒是明宣生病，若有一日是爹生病，女兒也定然會取出娘嫁妝裡的藥材給爹熬藥，若是爹喝到假藥怎麼辦？」

林舒婉接著道：「再者，若是爹的朝中好友、認識的皇親國戚、達官顯貴生了重病，又正巧缺藥，那女兒也定會願意把嫁妝裡的藥材拿出來給爹爹做人情送人。到時候這藥喝出岔子來，又該如何是好？

「母親，妳可曾想過，妳這麼做極有可能害了爹。」

林舒婉面上裝作痛心疾首，心中卻是冷笑。

對林庭訓而言，嫡女名聲受損又如何？庶子生命垂危又如何？都敵不過自己的前程仕途。

林庭訓鐵青著臉，眸中陰雲密布。

他的好夫人，三年前他顏面盡失，是因為林竇氏設計陷害林舒婉；現下他進退兩難，也是因為林竇氏。

那往後呢？今天他若是想法子把事情壓下來，往後她會不會有別的么蛾子？

留著她，終是一個禍害。

林庭訓咬了咬牙，心中已經下了決斷。

「王爺放心，舒婉是我的女兒，明珠是我的髮妻，此事我會給一個交代的。」林庭訓道。

屋門「吱呀」一聲從裡面推開，左敬走出來，頭上薄薄一層汗。

包瑞紅提著裙襬衝進屋子。「宣兒！」

林舒婉走到左敬跟前。「左太醫，舍弟這病如何了？」

左敬道：「幸虧救治及時，這條命算是撿回來了，我一會兒再開張方子，慢慢調理身子，至於這孩子能活多久、將來身子如何，要看他的造化。」

林舒婉道：「謝謝左太醫。」

包瑞紅從屋子裡出來，跪到左敬面前。「謝謝左太醫，把宣兒從閻王那兒搶回來了！」

左敬急忙彎下腰，把包瑞紅虛扶起來。「不敢當、不敢當，快起來。」

包瑞紅留下來照顧林明宣。

左敬向林庭訓告辭，薛佑琛陪左敬離開。

裴展充見薛佑琛離開，心中疑惑。

薛佑琛叫他到林府一聚，但是話都沒有跟他說上兩句，這叫一聚？

裴展充想了想，把目光放在林舒婉身上，若有所思。

左敬和薛佑琛走後，幾人又重新回到正廳落坐。

「王爺，我之前說會給您和舒婉一個交代。」林庭訓說道。

「林相打算怎麼交代？」裴展充挑起眉。

「娶妻不賢，家門不幸，一紙休書休回去吧！」林庭訓轉向林竇氏。「從此以後，妳同我林庭訓再無瓜葛。」

林竇氏倏地從座位上站起來，腿腳一軟，跌在地上。「老爺，您說什麼……您要休了我？」

「我方才已經說了，休妻後，妳就不再是林府的夫人了。」林庭訓道。

林竇氏打了個哆嗦。她害林舒婉、謀嫁妝，如果她不是林夫人，做這些便完全失去意義。

一旦被休，她便從風光無限的相府夫人成為下堂婦，遭人唾棄和白眼。

她的父親是六品官員，在天子腳下實在算不上什麼，全家人擠在一個不大的院子裡。她的娘家要仰仗林庭訓，而她這個林相夫人靠著這重身分，在娘家是備受尊敬和追捧。

如果她被休回去，她在娘家會有容身之處？即便娘家收留她，也是勉強給她口飯吃。從前錦衣玉食，今後生活困頓，說不定她那些兄嫂一邊養她，還要一邊嫌棄她。

林竇氏突然掉進了冰窟窿般，渾身發冷。

她在地上爬了幾步，狼狽不堪地爬到林庭訓腳邊，抱住他的革靴。「老爺，我伺候您十幾年了，您念在十幾年的夫妻情分上，饒了妾身這一回吧，妾身以後再不敢了！」

林竇氏眼淚如注，此時也顧不上形象，失聲大哭起來。「老爺，您原諒妾身吧，您不能休了妾身啊，您讓妾身去哪裡啊？妾身會沒命的，老爺，求求您！」

林庭訓嫌惡地看了眼林竇氏。「此事已無回轉餘地。妳收拾收拾，明日就離開。」

「不，我不走！」林竇氏嘶聲力竭起來。「我是林相夫人，我不走——」

東方泛出魚肚白，又是新的一天。

散朝後，皇帝裴凌喊了幾個文臣到御書房討論國事。

國事討論到一半，裴凌突然道：「庭訓啊，你看上去魂不守舍的。你當了朕這麼多年的臣子，朕還是頭一次見你在議論朝政時如此憂心忡忡。」

林庭訓誠惶誠恐地在裴凌面前跪下。「皇上恕罪，臣家中出了變故，臣心裡憂心，竟在御前失儀，臣知罪。」

裴凌訝異地問：「哦？你家裡出了什麼事？」

林庭訓跪著回答。「皇上相問，臣不敢有所隱瞞，這是臣家中的醜事。臣的女兒三年前同南陽侯府的薛三爺私通，被人發現後，草草嫁到了南陽侯府。昨天晚上，臣才知道，臣的女兒是無辜的，她沒有做出辱沒家門之事，都是臣那續娶的夫人設計構陷她的。」

林庭訓戚戚然，接著道：「臣知道真相後，便把續娶的夫人休了。可秀宜郡主下嫁微臣，與微臣恩愛有加，她故去時，就只留下此女。臣一想到自己沒有照顧好臣和她的女兒，讓她蒙受不白之冤三年多，臣心中十分內疚。就算已經休了續弦，臣還是自覺對不起女兒，也愧對髮妻。」

裴淩驚訝道：「家裡竟然出了這樣的變故。若如你所說，你確實失察了，今後要好好補償和愛惜你與秀宜郡主的女兒。」

「是，臣知錯。」林庭訓應道。

裴淩作為一國之君，沒有許多工夫去管臣子家裡的事，問完話後就道：「好了，你的家事自己回去再處理。御書房裡討論國事，莫要再分心了。若是再分心，朕便要罰你了。」

「臣遵旨，臣不敢。」林庭訓恭恭敬敬地應下來，收了臉上焦慮憂心的神色。

裴淩見林庭訓找回狀態，點了點頭。

林庭訓在心中鬆了一口氣。剛才他故意在皇上面前表現出憂心忡忡的模樣，引皇上出言相問。

昨夜他休了林竇氏後，整夜未眠。

丞相休妻，這麼大的事，不可能壓得住，很快就會傳出去。而他治家不嚴、被續弦蒙蔽，也會被朝中眾臣知曉、被世人詬病，甚至被人彈劾。

為了降低這件事對他的影響，他想了一夜，終是想出了這個法子。他主動告訴皇上，認錯道歉，表達自己的愧疚，只要皇上不追究，那旁人也不能就這件事再深究下去。

雖然閒言碎語免不了，但算是好很多了。

他見裴凌說了他兩句便專注於國事，便知他的做法奏效了。他打起精神，參與國事的討論。

第十七章

傍晚，薛佑齡在國子監講完課，便收拾好東西，往國子監大門外走。

尚未走出門口，便聽迴廊牆壁的另一頭，有兩個同僚在說話。

迴廊的牆壁是開了窗的，這兩個同僚說的話清晰入耳。

「聽說了嗎？昨天夜裡林相休了妻，這般惡毒的婦人，要是我，我也休了，設計陷害繼女、毀繼女的名節，毒婦啊！」

「是啊，可憐那原配的女兒，原來是秀宜郡主和丞相的女兒，該是多尊貴的身分，可惜生母死得早，名聲被繼母毀了，好好的這輩子就毀了。」

「看來當年薛三爺也是無辜的，我就說，薛三爺怎麼可能因為醉酒和閨閣女子私通？」

「是啊，都是那毒婦害的，讓人誤以為薛三爺和林家大小姐私通。薛三爺沒臉，林家大小姐更是名聲盡毀，灰頭土臉地嫁到南陽侯府。這麼嫁到南陽侯府，有什麼好日子過？」

「是啊，不是又被休了？」

薛佑齡站在迴廊窗下，彷彿一聲炸雷，炸得他發懵。

原來一直都是他誤會了她。

他以為是她對自己動了心，所以下了個套，讓人以為他和她有私情，她也順利嫁給了他。
為此，他一直對她十分嫌惡，成婚三年，他沒有碰過她，也沒有正眼看過她。
原來她沒有不知廉恥地設計他，她也是被害的。
若他沒有誤會她，三年裡同她有所接觸，是不是就可以早些發現她的好？
「呵呵。」薛佑齡輕聲慘笑，心裡又悶又疼，像是有什麼在絞他的心肉。
他心中摯愛的女子，原就是他的妻子，他因為誤會她，三年沒有好好待她，三年後又冤枉她，把她休了。
悔恨如決堤潮水般湧入。
他提起腳步，離開國子監，卻如行屍走肉一般。
薛佑齡沒有回南陽侯府，而是在街上胡亂轉著。
不知不覺走到護城河邊，看著夕陽西下的景致，他心中暗道，休妻以後，他便再沒見過林舒婉。
他想去見一見她，當面告訴她他的悔恨和情意。若是可以，他想和她再續前緣。
無論怎樣都好。
另一頭，林相府。
林舒婉剛剛吃完晚飯，畫眉一邊收拾碗筷，一邊道：「小姐，今日的菜色比前幾日又好了不少。現在夫人都被休了，看府裡還有誰敢小瞧了小姐？」
林舒婉見畫眉一副幸災樂禍的小模樣，笑咪咪地點頭。「是啊，整個林府再也沒有人敢小瞧我了。」
「夫人是罪有應得。」畫眉說道：「方才婢子去繡娘那裡取小姐的衣裳，路過綴錦院，綴錦院裡鬧哄哄的。」
「鬧哄哄的？」林舒婉問。
「是啊，夫人在鬧自盡呢。」
「夫人自盡了？」
「哪能呀？要是真的自盡，悄悄自盡就是，哪會弄出那麼大的動靜，連婢子一個路過的都聽到了。」畫眉道：「還不是想讓老爺收回成命嘛！」
「呵呵。」林舒婉輕笑道：「畫眉倒是看得明白。」
「誰還看不出來？」畫眉道：「老爺也看出來了。」
「老爺去了？」
「是啊，夫人當著這麼多下人的面，一把鼻涕一把眼淚的，跪著哭著喊著，讓老爺留下她。老爺就說，要讓人把夫人綑了丟出去。夫人聽了，不哭也不鬧了，灰溜溜地回了屋子，收拾細軟去了。」畫眉道。
林舒婉搖搖頭。

畫眉道：「老爺說，夫人今日定要離開的。婢子拿著小姐的新衣裳，也沒有多看，也不知道夫人走了沒，不知道夫人還會弄出什麼動靜？」

林舒婉道：「休書已寫，再弄出什麼動靜也沒用。不去管她了。」

「噯，不去管她。」畫眉道：「小姐，您要不要試試新衣裙？一件夾襖、一條馬面裙，還有一件大氅。夾襖和馬面裙都是妝花緞的，大氅是狐皮的，雪白雪白的。」

「先不試了，夜裡再試。」林舒婉道：「妳在這裡收拾著，我去外面轉轉。」

林舒婉經常在晚飯後一個人到院子裡逛，畫眉已經習慣了。「外面冷，婢子給小姐拿件衣服。」

林舒婉加了一件襖子，出了門。

到了假山那裡，便見山洞那裡露出一片衣角，林舒婉見到那熟悉的衣料，心中一動，便鑽進山洞中。

那人果然在裡面。

「你的衣角都露在外面了。」林舒婉笑道。

薛佑琛道：「看到妳走過來，故意露出來，引妳過來。」

林舒婉沒好氣地睨了他一眼。

薛佑琛莞爾，這回他沒有等林舒婉問他為何而來，直接開口道：「林相休妻之事已經在朝中傳開，在坊間也流傳開了。現在世人都知道，三年前妳是被陷害的。

裡，還妳清白。

「我想了法子，讓妳在南陽侯府受不白之冤的事也一併傳出去，夾在林相休妻的流言

「只是，」薛佑琛接著說道：「妳爹大概還存著要將妳嫁給靖北侯的心思，妳有何打算？」

林舒婉沈默一息，搖搖頭，隨後又仰頭問道：「侯爺，若是我爹貪腐被查，是否會牽連家眷？」

薛佑琛閉了下眼，睜眼鄭重道：「若是嚴重的話，會累及家眷，男丁沒入奴籍，流放三千里。女眷充為官妓。」

他頓了頓，將事情的嚴重性告訴她。「林相不惜將妳嫁給靖北侯，只怕他這貪腐十分嚴重。」

林舒婉差點脫口罵人。

林庭訓為了保住自己，想把她賣給靖北侯。她如果不嫁給靖北侯，靖北侯就會把林庭訓的罪證呈給皇上，林庭訓一旦落馬，還要累及全家，包括她。

要麼，被爹賣給年邁老色鬼當續弦。

要麼，受爹的貪腐案牽連，淪為官妓。

是了，她不只要避免自己被林庭訓賣了，還要想法子從他的貪腐案中摘出去。

這真是……

「再過兩天就是大年，靖北侯府想必也忙著過年祭祀等諸多雜事，沒空提親事。一旦過完年，隴西貪腐案的餘波也漸漸了結，只怕靖北侯很快就會和林相提迎娶妳的事情。」

薛佑琛接著提醒，其實解決這個問題，最直接的法子就是讓她嫁給他。

如她所說，婚姻大事不是救命的工具。她若是要嫁他，也得是兩情相悅、心甘情願，是深思熟慮後的共度一生。

趕鴨子上架地嫁到南陽侯府一回，難道再趕鴨子上架，再嫁一回南陽侯府？

不過，他自不會眼睜睜地看她無奈嫁給靖北侯。

若真到那個時候，他豁出去搶親就是。

薛佑琛見林舒婉又氣又無奈的模樣，便有心讓她開懷。「還有兩日才過年，年後最初那幾日，進宮的進宮，走親的走親，靖北侯沒空管續弦的事，左右還有幾日時間，可以仔細想想該如何應對。現在不如隨我出去散散心？」

林舒婉猛然睜大杏眼看他。

她被強行接來後，就沒出過林府大門，著實憋壞了她。

「出去散散心？怎麼出去？」林舒婉將信將疑地問。

「我帶妳出去。」薛佑琛道：「每日黃昏，林相府的守衛最為寬鬆，我可以來去自如。若是平日，帶上妳恐怕有些難，今日不一樣，這府裡的下人、護衛都在林府正院。」

薛佑琛淺淺勾唇，唇角漾出若有似無的笑意。「林相這位續弦不願離開，還在哭鬧。」

林舒婉抬眉。「她還不肯走？畫眉說她去收拾細軟了。」

薛佑琛道：「大約還是不肯走，林相叫婆子綁了她，她掙扎，大概多少有些積威，婆子不敢用力，正僵持著。我路過時，聽到她在問林相討要財物，兩邊正談著，估摸著一時半會兒走不了。」

他眉梢輕挑。「現在林相府裡亂得很，下人、護衛又多集中在正院，機會難得，要不要隨我出府散散心？出去大半個時辰，天黑前回來，沒人能發現。」

林舒婉笑眼眯了眯，點點頭。「走。不過你先等等，我去安排一下。」

她暫別薛佑琛，讓他在山洞裡等她一會兒。

她找到畫眉，在畫眉耳邊說了一會兒悄悄話。

在畫眉驚詫的目光下，林舒婉淺笑道：「我同侯爺溜出去玩，妳在我屋子的外間做針線活，順便看著門，萬一有人問起來，就說我在睡覺。」

同畫眉交代好後，林舒婉就又悄悄出了門。

時值嚴冬，林舒婉的幾個丫鬟、婆子都躲在室內，院子裡沒有人，林舒婉順利避開眾人耳目，回到了山洞。

「來了，快走吧。」

薛佑琛見多了她處事不驚、幹練俐落的模樣，難得見她一副小女兒姿態，蛾眉彎彎，杏眼裡閃亮的光點透著雀躍歡喜，流轉起來，瀲灩無雙。

他心裡不由一軟，也不由心疼，眉眼也柔和下來。隔著厚厚的冬衣，他抓起她的手臂。「跟我來。」

兩人轉到假山後。

「唐突了。」

薛佑琛對林舒婉拱手行了禮。

林舒婉還沒有來得及反應過來，腰間便被一隻大手握緊，隨即，她的身子就被這隻大手帶著走。

玲瓏小腰正容他的大手一握。

薛佑琛攬著她的纖腰，便是隔著厚厚的冬衣，也可以感受到女子凹凸有致的曲線。第一次這般接觸女子的身子，讓他又驚又臊，險些分了神。驚的是女人的腰肢竟這麼細、這麼軟。一驚之下，難免心頭一熱，在嚴冬臘月裡，都覺得渾身熱騰騰。

好不容易才強穩住心神，把她的腰身扶緊了。

薛佑琛一手抱著林舒婉的腰肢，一手攀爬假山山石，攀到和院牆一般高時，再抱著林舒婉縱身一躍，躍上牆頭。

林舒婉被薛佑琛緊緊抱著，便不由靠在他胸膛。男人的胸膛平坦而寬厚，微隆的是結實的肌肉。

耳畔北風呼嘯，在寒風凜冽中，這懷抱格外溫暖。

林舒婉閉了眼，不知幾個翻身、幾個跳躍，她的雙腳終於落了地。

「出來了。」低沈的聲音傳來。

林舒婉睜眼，眼前是男人壓得一絲不苟的對襟領口，抬眼往上看，是他帶笑的眉眼。

薛佑琛依依不捨地鬆開她的腰。「在林府外面了。」

林舒婉轉頭，身側正是關了她好幾日的林府院牆。

「時辰不多，想去哪裡散心？」薛佑琛問道。

「京城我不熟，你有什麼好主意？」林舒婉道。她穿越過來沒多少日子，之前忙著賺銀子，都沒上過幾回街，後來就被關進了林府。

薛佑琛聽她所言，便想到她在閨閣中應該一直待在林府。嫁到南陽侯府後，也一直待在聽濤院。

一個京城的貴女，竟然對京城不熟。

他不由心疼。「這裡離護城河不遠，我們去看看那裡的景致。」

「好。」林舒婉道。

黃昏下，兩人並肩往護城河的方向走。

不多時，便見一座石板小橋，橋下涓涓河水，緩緩向城牆外流去。

夕陽餘暉照在小橋和城牆上，石板小橋和青磚城牆也彷彿成了暖色。

天邊的彩霞紅彤彤的，倒映在河水裡，河水也是紅彤彤的，偶然閃過幾點夕陽的金色光芒，晃過人的眼睛，轉眼消失不見。
「這裡倒是個看夕陽的好去處。」林舒婉笑道。
「嗯。」薛佑琛立在林舒婉身邊。
他有心想去拉一拉她的手。然而終是不敢唐突，只敢靠近她的衣袖。不經意間，他的手背擦過她的手背。
細膩如凝脂，薛佑琛心裡竊喜，心跳一陣加速。
薛佑琛心裡自嘲，自詡世間大丈夫，誰想有一天，在一個女子面前，小心翼翼得像做賊一樣。
他什麼時候才能將自己日思夜想的女子揉到懷裡去？
大周民風開放，男女並肩而立不是什麼特別的事，但男的高大英俊如雪山青松，女的俏美窈窕如三月嬌花，彷彿一對璧人般的引人側目。
這畫面吸引了眾多路人目光，也吸引了正在護城河邊徘徊的薛佑齡。
薛佑齡正失魂落魄地想著林舒婉的事，抬眼間便看到不遠處並肩而立的一男一女。
他一眼就認出那男子是他的大哥薛佑琛。
他心下狐疑。他大哥一向殺伐決斷，冰冷如雪，怎麼現在眉眼帶笑，整個人都柔和許多？
是因為他身邊的女子吧？

鐵漢柔情。原來他大哥也有這樣的一面。
不過他身邊的女子是誰，看著有些眼熟？
薛佑齡仔細看了看，驟然變色。
怎麼會？
薛佑齡腳跟不穩，愣愣看著薛佑琛和林舒婉。
他們怎麼一起到護城河邊來看風景，大約只是恰巧遇到了，說幾句話而已，並沒有什麼。他不能誤會自己的大哥，更不能再誤會她。
薛佑齡想了想，便提步上前。
「大哥。」薛佑齡大聲道。
他大步流星走到薛佑琛和林舒婉面前。
「舒婉。」薛佑齡對林舒婉點了下頭。
「薛三爺還是喚我林大小姐吧。」林舒婉道。
薛佑齡愣了一下，抿了下唇。「林大小姐。」
薛佑琛見到薛佑齡過來，心裡有些不悅。「佑齡，你怎麼在這裡？」
「我正巧在這裡散步，遠遠見到大哥和……」薛佑齡頓了一下。「林大小姐。便過來了。」
薛佑齡雙手抱拳，對林舒婉長身作揖。「佑齡此前對不住，求林大小姐見諒。」

薛佑齡身長如玉，眉目清秀，躬身作揖，也是說不出的高貴優雅。

林舒婉挑眉。「對不住什麼？」

薛佑齡起身，誠心道：「是我誤會妳為了嫁給我而陷害於我，其實妳也是被害的。是我失察，讓妳在南陽侯府蒙受不白之冤，背上不貞的罪名，成了下堂婦。佑齡心中悔恨自責，若林大小姐願意，佑齡日後定然真心相待，視妳為珍寶，此生絕不相負，也絕不讓妳再受任何委屈。」

薛佑琛臉一沈，突然覺得自己氣血翻湧，周身都泛著冷意。鳳目直視著薛佑齡，目光寒氣森森。

薛佑齡感覺到薛佑琛的目光，也朝他看過去。

他不是蠢人，見因為自己幾句話，一向喜怒不形於色的大哥突然發生巨大的變化，他已然明白，他的大哥應該是動了情的。

不過，她是他的原配，沒道理因為他是他的大哥，就要他拱手相讓。

他一向極為敬重自己的大哥，這是第一次，他全然不管大哥，轉向林舒婉。

清潤的嗓音在夕陽下格外真誠，他輕啟薄唇，喚出她的另一個稱呼。「林小娘子。」

林舒婉抬了抬眉。

「林小娘子的閨怨詩，字字動人心扉，情真意切。妳是否怨我冷落了妳三年？此前種種，都是佑齡的不是，天賜良緣，佑齡沒有珍惜。如今佑齡醒悟，求再續妳我緣分。

「佑齡句句發自肺腑，不敢有半句虛言。」
薛佑琛心中氣惱，眼前的美景也頓時覺得不美了。
他正要說什麼，卻聽林舒婉道：「我不願意。」
擲地有聲，字字鏗鏘。
薛佑琛吐出一口氣，將目光落到林舒婉身上。
林舒婉想了想，開了口。
這些話是她替原主說的。
「薛三爺是人中龍鳳，我也是林府大小姐，怎會為了嫁你，做出這種事？薛三爺高看自己了。事發時，我便否認了此事，後來，我也試著和薛三爺解釋過，但薛三爺只是不信，甚至沒有去深想，我也是被害的可能。
「我無奈嫁給薛三爺，也曾經想過，既然嫁都嫁了，那就好好做這個南陽侯府的三夫人。結果你對我視而不見，放任聽濤院的下人們苛待我、欺辱我，我要靠著花銀子打點下人，才能活下去，遭受的白眼嘲諷就更不必提了。
「薛三爺若是願意管一管那些看人高低的下人，哪怕只是為我說上一句話，我也不至於過得這麼慘。」
「對、對不住。」薛佑齡支支吾吾道：「我、我不知道，我沒有想過會這樣。」
林舒婉嘲諷道：「薛三爺光風霽月。」

「我……」薛佑齡閉了眼，無言以對。
「後來，柳玉蓮陷害我，誣陷我和下人私通。」林舒婉接著道：「其中漏洞頗多，薛三爺沒有仔細調查，當日就定了我的罪，休了我。薛三爺，怕是你心中亦是急切地想要趁此機會休了我吧？
「你對我不喜，一直不喜歡我這個嫡妻，能休了我，你也求之不得，又怎會明察秋毫，細細調查？」
薛佑齡胸口一痛，他當時確實不喜歡她，大概不自覺地也想把她休了。
林舒婉長長吐出一口氣，擺擺手。「那些都已經過去了，再續前緣這種話也莫要再提，斷無可能。」
薛佑齡雙眸垂下。
斷無可能，今生無緣。
夕陽緩緩落下，天色漸暗，晚霞也變得昏黃，薛佑齡像失去了色彩似的，黯淡無光地立在昏暗的光線裡。
林舒婉看看天邊，回頭道：「侯爺，天色不早了。」
「嗯，我送妳回去。」薛佑琛道。
兩人又並肩離開護城河，薛佑齡一人立在逐漸消失的光線裡。
薛佑琛帶著林舒婉越過高牆，回到林府。

他把林舒婉帶回假山山洞。

「對於妳爹要把妳嫁給靖北侯的事，我倒有個緩兵之計。」薛佑琛道。

林舒婉正要跟薛佑琛道別，突然聽他這麼說，不由抬眼問：「什麼緩兵之計？」

「去北方邊關。」薛佑琛道：「製作羊毛衣衫的工坊在戰場後方，沒什麼危險。」

林舒婉驚訝道：「我去邊關？」

「嗯。」薛佑琛點了下頭。「大周戰況好轉，皇上希望盡快結束戰事，讓北狄軍退開邊境一百里。他調了南邊的兵力北上，增援邊關將士。

「我大周之所以敢南兵北調，其實是仗著有羊毛衣衫。羊毛衣衫保暖性能好，又輕便，南軍到了北方也能保持戰力。」薛佑琛道：「不過，大量南方兵力到了邊關，羊毛衣衫就捉襟見肘，皇上下了令，要大量製作羊毛衣衫。」

「所以你是想讓我去邊關，幫忙製作羊毛衫？」林舒婉問道。

薛佑琛道：「羊毛衣衫也好，那流水線的法子也罷，都是妳貢獻出來的。這世上，唯妳對羊毛衣衫和流水線的法子最了解。若是妳能去，以妳對羊毛衣衫的了解和才幹，對邊關大量製作羊毛衫必有好處。若是妳願意，我便向皇上請旨，讓妳北上，協助羊毛衣衫的製作。」

「皇上會同意嗎？」林舒婉問道。

薛佑琛點頭。「事關大周戰況，不論妳是平民女子、皇親國戚，還是丞相之女，只要對戰況有好處，皇上定會應允的。妳放心，邊關後方很安全，到時我同妳一起去。」

林舒婉抬了抬蛾眉，思考起來。

「妳隨我一起北上，有兩個好處。」薛佑琛道：「妳爹一直想把妳嫁給靖北侯，如果妳一時間想不出法子應對，那便離開京城，拖上一拖。按照現在的戰況，大周和北狄的這場仗，一個月內便可以結束，妳還可以拖上一個月。」

「嗯。」林舒婉應了一聲，點了點頭。

按照大周的習俗，在訂親前，成婚的男女雙方是要相看的。

男女相看雖不是三書六禮之一，卻是不成文的習俗。

林庭訓可以不管林舒婉有沒有見過靖北侯，對靖北侯滿不滿意，直接強迫林舒婉出嫁。靖北侯可是要事先驗貨的，他肯定要事先看一看林舒婉本人，是不是真的如傳言一樣，酷似秀宜郡主，長得嬌美絕色。

如果林舒婉人都不在京城，相看一事必然擱置，提親一事也定會延緩。

確實是緩兵之計。

「二來，」薛佑琛道：「這場仗結束後，皇上必會論功行賞，妳是有功之人，皇上定會賞妳。」

林舒婉心中一動。「你是說……」

「我想法子為妳爭取一個面聖的機會。」薛佑琛道。

林舒婉暗自思量。她的生母是秀宜郡主，她也算是拐了彎的皇親，如果身上有功，再加上薛佑琛從旁相助，她要面聖也不是不可能。

這是她的生機。

整個大周都沒有皇帝大，她如果有機會面聖，想法子求個婚事自主，或者免受牽連呢？也不是不行。

林舒婉思索了一會兒，便點頭道：「好，就這麼辦。」

薛佑琛見林舒婉想通其中關鍵，接著道：「這只是可能。」

林舒婉笑笑道：「我知道只是有這個機會，不是一定能成，不過有機會總比沒機會好，左右我也想不出什麼應對方法，就去試試。總比待在林府坐以待斃，等著我爹把我嫁到靖北侯府好。」

「此外，戰事後方雖然沒什麼危險，但畢竟不比京城，會頗為清苦。」薛佑琛道。

林舒婉擺擺手。「無妨，我剛從南陽侯府被休出來的時候，還吃不飽、穿不暖呢。」

「那倒不至於，若是真的去，妳也是皇上下旨去幫忙的相府大小姐，只是北邊不比京城繁華富庶，條件也肯定比不上。」薛佑琛道：「卻也不至於吃不飽、穿不暖。」

「那就好了。」林舒婉道。

「那我明日便向皇上請旨。」薛佑琛道。

林舒婉點點頭。

「天色晚了，我走了。」

薛佑琛等到林舒婉一句「路上小心」，才心滿意足地離開。

第二日上午，聖旨到了林府，皇帝讓林舒婉前往邊關後方，協助羊毛衣衫的製作，一路上由南陽侯薛佑琛護送。

林舒婉接過聖旨後，林庭訓便把林舒婉喊到小廳中。

「舒婉，坐吧。」林庭訓指了指對面的玫瑰椅。

「是。」林舒婉落坐。

「爹倒是沒想到，妳從南陽侯府出來，想出了製作羊毛衣衫的法子，還向南陽侯獻出了這個法子。好，不愧是我林庭訓的女兒，今兒早朝皇上知道後，還誇獎了妳。」林庭訓讚道：「妳給爹爹長臉了啊。」

「爹爹謬讚，我也是碰巧罷了。」林舒婉道。

「呵呵呵，不必自謙。」林庭訓大笑。「妳雖是女子，但皇上委以重任，妳可莫要辜負了皇上的重託，不要丟了我們林家的臉面啊！」

林舒婉淡淡笑了笑，應和道：「舒婉謹記父親教誨。」

「這次南陽侯也會親自去邊關，在現場統籌指揮軍需調撥運輸，有他護送妳一路，我也放心。」林庭訓說道。

「是。」林舒婉道。

「好了，旁的我也不多說了，妳趕快去收拾收拾。聖旨讓妳今日就啟程，雖說是趕了些，但邊關戰事一刻也拖不得，妳抓緊著些。」林庭訓道。

「是。」

林舒婉應下後，便離開小廳。

當日午後，她收拾好包袱，帶上畫眉，上了北上的馬車。

車輪轆轆，駛出了京城。

「小姐，我們已經走了三日，應該已經走了一半路程了吧？」畫眉坐在車廂的錦凳上，問道。

林舒婉坐在軟榻上，應道：「說是要走六、七日，差不多是一半。」

這馬車是薛佑琛為她準備的。

原本林庭訓也命人準備了馬車，但薛佑琛說既然皇上讓他護送她北上，她就得加入他們的車隊，自然要坐南陽侯府的馬車。要不然一隊南陽侯府的馬車和馬匹裡，夾雜了一輛林府的馬車算什麼？

薛佑琛強勢，不肯退讓，林庭訓覺得這不是什麼大事，無傷大雅，便同意了。

林舒婉上了馬車後，才發覺這馬車是費了心思佈置的。

馬車車廂看著不大，裡頭空間卻不小，靠車壁處擺著一席軟榻，軟榻上鋪了柔軟細膩的絲絮織花錦被，三、四個牡丹聯珠繡靠枕排成一排。

軟榻前一張小方桌，桌板下有幾層小屜子，屜子裡備了各種蜜餞、茶壺、茶杯，還有孔明鎖、九連環等小玩意兒讓她打發時間。

車門、車窗都掛了一層夾了絲絮的錦緞簾子，簾子放下後，一點風都吹不進車廂。儘管外頭北風呼嘯，人在車廂裡卻是吹不到風的。

林舒婉走了這一路，雖然不方便，也有些顛簸，不過倒也沒受什麼大罪。

「再過三、四日就到了。」畫眉道。

「嗯。」

林舒婉應了一聲，伸手挑開車簾一角，便見薛佑琛騎著馬，走在她的馬車旁。

他坐在棕紅馬的馬背上，身形挺拔如松，披著深棕色的裘皮大氅，長腿裹在裘褲中。神情嚴肅，眉目冷峻。

眼角餘光瞥見車簾被挑起，他便轉過頭。

車廂裡暖和，林舒婉沒用裘皮大氅把人包裹起來，只一身窄袖窄腰的緞面夾襖，腰身收得恰到好處，將玲瓏曲線寫意地勾勒出來。

臉上也是紅撲撲的嬌豔動人。

薛佑琛看著心裡喜歡，眉眼頓時柔和下來。

「侯爺，你怎麼不在馬車裡，跑到外面來了？」林舒婉問道。

「在馬車裡坐久了太悶，便出來透透氣。」薛佑琛道。

「哦。」林舒婉道。

冷風吹進來，林舒婉瑟縮了一下。

「把簾子放下，外頭冷。」薛佑琛道。

「好。」林舒婉點頭。

「妳等等。」

薛佑琛說罷，一夾馬腹，快步向前。

不多時，車隊停了。

「小姐，馬車停下了，大概車隊要整頓休息了。」畫眉道：「小姐，您不如瞇一會兒。馬車走的時候，路上顛簸，您也不好休息。」

「無妨，馬車一顛一顛的，像搖籃似的，我睡得還好，坐會兒就好。」林舒婉從屜子裡拿出幾個蜜餞塞到嘴裡。

他準備的蜜餞甜而不膩，微微帶著酸意，她很是喜歡。

林舒婉坐了一會兒，便聽到車門那裡傳來陌生的聲音。「林大小姐，侯爺命小的送兩壺熱水給林大小姐擦洗。」

「來了。」

畫眉應聲挑開車門簾子，再打開車門，從一個親兵手裡接過兩壺熱水，放到地上。

「還有這些暖爐都拿去。」薛佑琛站到這親兵身後，手裡拿著四、五個暖爐。

畫眉正要行禮，薛佑琛一擺手。「不必了，快拿去。」

「是。」畫眉接過暖爐。

薛佑琛朝車廂裡坐著的林舒婉看過去。

「謝謝。」林舒婉道。

薛佑琛淺淺勾唇，對林舒婉點了下頭，轉身離開。

畫眉把車門的簾子放下，手裡捧著四、五個暖爐，走回林舒婉身邊，把暖爐放在小桌上，又反身關上車門。

「小姐，這麼多暖爐，侯爺大概是把整個車隊的暖爐都收集起來了吧。」畫眉道：「就是為了避免小姐擦洗時受了涼。」

林舒婉看著這些暖爐，垂下眼，心中微動。「約莫是吧。等我擦洗好了，再把這些暖爐還回去。」

「那婢子去倒熱水，伺候小姐擦洗。」畫眉道。

薛佑琛見車門關上後，並未走開，而是守在門口不遠處。

聽到車廂裡傳來的響動，薛佑琛喉結滾了滾，至於有沒有想像車廂裡的情景，只有他自己知道。

薛佑琛站在馬車車門附近，直到見畫眉挑開車簾，將污水潑出來，這才離開。

林舒婉擦洗好身子，整個人都神清氣爽。雖不能真正沐浴，但是在半路上，能用熱水擦個身子也是很難得的了。

車廂裡擺了四、五個暖爐，擦身的時候一點都不覺得冷，現在穿好衣服，反而覺得熱了。

林舒婉挑開車窗簾子的一角，瞥見熟悉的背影一晃而過。

她在車裡坐了一會兒，便坐不住了，想活動活動筋骨。

她見畫眉還在收拾盆子和帕子，就道：「畫眉，妳先收拾著，我出去走走。」

說罷，她披上大氅下了車。

走沒幾步路，就看見薛佑琛。

薛佑琛坐在自己的馬車車轅上，背對著她。

「侯爺。」林舒婉喊道。

薛佑琛立刻回頭，他的手裡拿著一塊帕子，大概正在擦臉，平日一直壓得平整的對襟領口敞開，露出蜜色的脖頸，以及脖頸下的鎖骨。

林舒婉一個現代人什麼沒見過，不過此時她竟覺得有些彆扭，別過了目光。

薛佑琛急忙擰乾手裡的帕子，擦掉濃眉上掛著的幾滴水珠，又在脖頸抹了一把，將鎖骨上的水滴擦乾，兩三下壓好衣領，迅速整理妥當。

「外頭冷，妳怎麼出來了？」

「在車廂裡坐久了，出來走動走動。」林舒婉道。

薛佑琛站起身，他身材高大，站在林舒婉面前，淵亭山立。

林舒婉朝薛佑琛面前的銅盆看去，銅盆裡滿滿一盆水，在冰天雪地中，沒有一絲水氣升起來，這是盆冷水。

想到剛才那兩壺熱水，林舒婉心中一暖。

「差不多也該啟程了。」薛佑琛道。

林舒婉頷首。「好，那我回去了。」

「我送妳上車。」

薛佑琛將林舒婉送上馬車，這才轉身離開。

林舒婉撩開簾子，朝他英偉的背影看過去，唇角勾起。

第十八章

路上又行了三、四日，終於到了邑州。

邑州離大周邊境不遠，但北邊有山脈作為屏障，北狄人打不進來，這裡非常安全，是大周前線的後方。

羊毛衣衫的製作工坊就在邑州，除了羊毛衣衫的工坊外，還有一些糧倉儲備糧食，一些倉庫則放其他物資。

林舒婉撩起車簾往外看，眼前白茫茫一片，邑州城的街市上到處是厚厚的積雪，房屋看不到青色瓦片，地面也看不到石板路面，都被白雪覆住。沒有葉子的樹枝被雪壓彎，風吹來，抖落一地碎雪。

臨街店鋪多半關著，路上也沒行人，偶爾幾個人經過，地上間隔著一串串的腳印。

「前頭就到了。」薛佑琛打馬走到林舒婉車窗邊。「這邑州城雖不及京城繁華，但起戰事前，這裡還是頗熱鬧的，有不少來北狄採買貨物的商人會在這裡落腳。如今打了仗，沒了往來的商人，景象就凋零了。」

林舒婉道：「打仗對邊關生意往來影響極大。」

「到了。」薛佑琛話音剛落，馬車便停下了。

林舒婉和畫眉下了馬車。

薛佑琛下馬迎過來。「這裡是邑州府衙，邑州地廣人稀，府衙也大，裡頭有不少院子空著，我讓袁知州提前為妳準備了院子。羊毛衣衫的工坊離府衙不遠，出門走幾步路就到了。」

他頓了一下，接著說道：「我也暫時在這裡落腳。」

薛佑琛打發車隊眾人各自安頓，便引著林舒婉和畫眉進了邑州府衙。

一進邑州府衙，知州袁博達便迎出來，幾人寒暄一番後，袁博達讓夫人袁李氏帶林舒婉和畫眉進內院安頓。

「小姐，在馬車上顛了好幾日，這腳可算是落地了。」畫眉道：「沒想到這屋子還是燒了地龍的，真暖和。」

「本來以為咱們到北邊來會受苦，沒想到這裡還不錯。」畫眉又道：「小姐到底是皇上下了旨到邑州城的，算起來，小姐還是欽差呢。」

林舒婉呵呵開著玩笑。「是啊，我是御封的欽差大人呀。」

她低頭喝一口熱茶，向四周打量。

這間臥房分為裡間和外間。

外間擺了一張八仙桌，林舒婉就坐在這八仙桌旁，桌子周圍擺的是雕了山水紋的條凳。

桌子上放了一個碟子，碟子裡有幾塊酥油餅，不是京城銀宵樓的，卻也精緻可愛。

靠門口的地方放置了博古架，用來遮蔽進門的視線。博古架上擺了些擺件，什麼白玉兔子、青釉花瓶，竟是女兒家喜歡的精緻小巧的擺件。

靠窗還有一張小書案，書案上放了筆筒、筆架、筆洗、硯臺、鎮紙，旁邊疊了一沓宣紙都是空白的。筆筒裡插的毛筆大多是細巧的羊毫，正可以用來寫她最擅長的小楷。

裡間和外間是用玳瑁珠簾隔開的。

透過珠簾，可以看到裡面的架子床，以及床邊的梳妝檯，梳妝檯上還立著一面梳妝鏡。

完全是女子閨閣的擺設。

林舒婉暗道，這袁博達應該是事先收到薛佑琛的通知，按照薛佑琛的吩咐，特別收拾準備的。要不然就算她是林庭訓的女兒，袁博達和袁李氏也不會用心至斯。

林舒婉心中一嘆，心裡卻是暖融融的。

剛才袁李氏帶她進來的時候，還帶她逛了整個院子。

她臨時住的這個院子叫芷香院，位置很好，雖不大，但對於邑州府衙來說已是上好的院子。

院子裡還有兩個婆子和一個丫鬟，供林舒婉使喚差遣。

「小姐，時辰很晚了，今兒第一天到邑州府衙，您也早些休息。」畫眉道。

「嗯，是睏了。」

林舒婉早早地安頓睡下。

在邑州府衙的第一個晚上，她竟沒有任何不適，一夜好眠，以至於第二日晨起時，精神倍佳。

晨起，剛剛梳洗好後，就聽門口一個婆子隔著珠簾喊道：「林大小姐，侯爺正在府衙偏廳，說是請您收拾好以後去偏廳找他，他帶您去羊毛衣衫作坊那兒。」

「知道了。」林舒婉向外頭應了一聲。「我馬上過去。」

邑州在京城的北邊，天也亮得晚，這會兒時辰早，天色灰濛濛的。

林舒婉和薛佑琛兩人走到羊毛衣衫作坊的時候，作坊裡還沒有人，羊毛衣衫也還沒有開始製作，院門是鎖著的。

「看來我們來早了。」薛佑琛道：「是我疏忽了，之前通知他們今兒會帶妳來，沒告訴他們什麼時候，估摸著人也快來了。說起來我也是第一次來這間羊毛衣衫作坊，我們繞到後面去看看。」

薛佑琛接著道：「倒是我疏忽了，老周的信裡說了，這作坊後面有塊場地，搭了棚子曬羊毛，左右院門關著，我們去看看。」

說罷，兩人又繞過作坊大院，走到後面的場地。

場地上搭了幾十個低矮的棚子，棚子裡擺了許多羊毛。

幾十個棚頂都被積雪覆蓋，從積雪底下偶爾露出幾根搭棚頂用的乾草。

在這一大片的場地上，潔白的羊毛和幾十個潔白的棚頂交相呼應，看著十分壯觀，倒也別致。

薛佑琛和林舒婉在乾草棚子間穿梭。

「倒是有模有樣。」薛佑琛道：「白日裡若是天氣晴好，就把羊毛放在空地上曬，夜裡就收到棚子裡。」

林舒婉點頭。「老周很有經驗。」

「他做紡線一行幾十年了，雖是第一次接觸羊毛紡線和編織，但之前的經驗總是在的。」薛佑琛道。

林舒婉邊走邊伸出手，放在嘴邊哈氣。

邑州城的天氣比京城還要冷許多，林舒婉身上穿得暖和，裡頭有羊毛衣衫、夾襖、裘褲，外面還披了裘皮大氅，這麼走了一會兒，身上倒也不覺得冷，就是手凍得厲害。

林舒婉便把手放在嘴邊，哈著熱氣，用熱氣緩解雙手的冰冷。

薛佑琛瞥見林舒婉凍得發紅的手，眉心輕斂。「沒有帶手爐出來？」

「沒想到會這麼冷。」林舒婉道。

「沒的凍壞了手。」薛佑琛輕聲低吟了一句。

隨後，他退開一步，向林舒婉作了個揖。

林舒婉驚訝道：「你這是做什麼？」

「唐突了。」

沒等林舒婉反應過來，薛佑琛從廣袖底下伸出雙手，將林舒婉的雙手裹在手心裡。

「莫要凍壞了。」他聲音放得很輕，不知道是在對她說，還是在對自己說。

男人的手又大又暖和，比手爐還要熱、還要燙，將她的手完全包裹住，她的雙手頓時舒適了很多。

林舒婉試著動了動雙手，動彈不得。

手被捂著，慢慢暖和起來。

一股暖意又從她的心底升起，臉上也熱了起來。

她垂下眸，不敢看他。

薛佑琛也低著頭，手是熱的，心也是熱的，手心裡是冰肌玉骨。

唐突也是唐突了的。沒忍住，也捨不得她如此。

他自也是不敢看她，低著頭感覺自己的心跳。

兩人默默不說話，相對而立。

良久，林舒婉輕聲道：「好了，我的手不冷了。」

「嗯。」

薛佑琛把手鬆開，把她的一雙手從手心裡放出來。「我們到前面去吧，老周他們應該來了。」

薛佑琛勉強穩住心神，才免去尷尬，和林舒婉一起回到院門口。

兩人剛一出現，翹首盼著的周行洪便出來行禮。

「侯爺、林大小姐。」

跟在周行洪身邊的還有一位年輕男子，約莫十八、九歲，身穿寶藍雲錦長袍，玳瑁腰帶繫在腰間，朗眉星目，一副好相貌。

他站在周行洪身邊，也向薛佑琛和林舒婉行了一禮。「侯爺、林大小姐。」

「袁若瑜？」薛佑琛問道。

袁若瑜拱拱手。「下官正是。」

「侯爺、林大小姐，要不要到廳裡坐坐？」周行洪問。

薛佑琛看了林舒婉一眼，想到她剛才在場地裡走了一圈，這會兒應該也累了，便點頭道：「好。」

周行洪和袁若瑜兩人便引著薛佑琛和林舒婉進了廳。

薛佑琛和林舒婉在官帽椅上落坐，周行洪和袁若瑜卻是不敢坐的，直到薛佑琛說「你二人也坐下」，兩人才恭敬地應聲坐下。

「周行洪妳是見過的，是工部製造局的老管事了，如今在邑城管著羊毛衣衫的工坊。後來工坊的事都是老周飛鴿傳書，給我遞消息。」薛佑琛給林舒婉介紹對面坐著的人。

林舒婉對周行洪點了下頭。「在京城的時候就認識了周管事，周管事別來無恙？」

「林大小姐安好。」周行洪道。

再次見到林舒婉，周行洪有諸多感慨。

以前她是民間繡坊的繡娘，他見她喚的是林小娘子，當時他就覺得她大氣坦然，秀外慧中，不像是一般市井人家能養出來的女子。後來得知她是林府的大小姐、秀宜郡主的女兒，驚訝之餘，又有幾分理當如此的結論。

想她小小年紀，命運起伏，經歷比他一個跑東跑西、年過不惑的男人還要豐富，對她讚嘆之餘，又多了幾分敬仰。

薛佑琛的目光落到坐在周行洪旁邊的袁若瑜身上。「袁若瑜是袁博達袁知州的獨子，袁知州的兄長是武安伯。若瑜是工部的主事，這次是代表工部到邑州來負責羊毛衣衫製作一事。若瑜年紀雖輕，卻已擔當重任。」

林舒婉心道，原來如此。周行洪再有經驗，也只是個製造局的管事，羊毛衣衫是重要軍務，朝廷不可能不派個官員過來負責。

這袁若瑜的伯父是武安伯，他算起來也是權貴出身，父親又在邑州城擔任知州，他來負責羊毛衣衫的紡織，確實是個恰當人選。

看他年紀輕輕就擔此重任，應該也是個能幹之人，把他派到這裡，說不準也有讓他歷練、歷練的意思。

大周這場仗，若沒有意外，應該是不會輸的，區別只在於贏得早還是贏得晚，勝得大還是勝得少。

等戰事結束後，這袁若瑜便也是有功之人，是日後升遷的資本。

「原來是袁主事。」林舒婉道。

袁若瑜連忙道：「林大小姐客氣。」

袁若瑜方才第一眼看到林舒婉時，是有些詫異的，確切地說，是有些驚豔。

林相嫡女要來工坊幫忙，他早已知道，對於這個林相嫡女，他也有所耳聞，知道這羊毛衣衫的製作和流水線的方法，都是出自這位林大小姐之手，也知道她兩次被誣衊名聲，又被休棄，不久前才真相大白。

他原以為林舒婉受到命運的幾番折磨，應該是個形容普通、面容憔悴的女子。誰知看到她出現在工坊院門，和南陽侯薛佑琛並肩而立也不見任何遜色時，他不禁十分驚訝。

現下坐在他面前的林舒婉，螓首蛾眉，杏眼粉腮，肌膚潔白無瑕，堪比高山積雪，偏多了一抹紅潤，顯得嬌豔動人。

他想起父親對他的囑咐——

對這個林相嫡女恭敬些，總是沒錯的。

袁若瑜倒是從心中起了敬意，同時也對林舒婉不免好奇，存了幾分探究。

她是怎麼做到的？

名聲被毀兩次，遭夫家休棄，她如何做到依舊容光煥發、明豔動人？

袁若瑜意識到自己放在林舒婉身上的目光有些久了，再看下去太過唐突，便收回目光。

薛佑琛說道：「按照皇上的旨意，南兵北調，要盡快製出大批的羊毛衣衫，此事現在如何了？」

周行洪面露難色。

袁若瑜遲疑了一瞬，正色道：「不瞞侯爺，本來有流水線之法，羊毛衣衫的供應是游刃有餘，但現在皇上將南邊的兵力往北調，要做的羊毛衣衫數量龐大，要在短時間內完成，不是易事。」

「是人手不夠嗎？」林舒婉問道。

袁若瑜轉向林舒婉。「不是人手不夠。邊境兵力充足，有足夠的將士來紡織毛衣。我們還招攬不少邑州本地的民婦來幫忙。另外，南方的將士很快就要到此地了，等他們到了以後，抽出一小部分兵力過來，那更是綽綽有餘。」

林舒婉思考道：「邑州城地廣人稀，看上去也不像沒地方。」

「林大小姐說得是，也不是場地不足。」袁若瑜道。

「那是……」

「是……沒有足夠的工具。」袁若瑜說道：「林大小姐有所不知，這紡線也好、編織也罷，都需要工具，這些工具都要靠木匠師傅做出來。邑州就這麼大，木匠鋪子也就這麼幾家……」

「人足夠，場地也足夠。」周行洪接口道：「卻沒有那麼多木匠，一時之間很難做出這麼多木頭工具來。小的也曾想過，讓京城木匠製作這些工具，再運到邑州，但路上就要花費不少時間，等工具從京城運來，再在邑州製出羊毛衣衫，要花太多時日，而南兵快要到了。」

薛佑琛沈默。

林舒婉思索了一會兒，也沒有想出什麼好法子。

周行洪嘆了口氣，不再提此事。

幾人在屋子裡坐了一會兒，周行洪和袁若瑜便帶著薛佑琛和林舒婉兩人在工坊裡轉了一圈。

又過了一日，林舒婉便又去了工坊。

下午，薛佑琛也抽空去了趟工坊。

兩人雖都住在邑州府衙，不過薛佑琛一個男子去林舒婉的院子找她，不太合禮數，反而去工坊比較順理成章。

薛佑琛是負責戰場軍需的，羊毛衣衫是軍需的主要部分，他為了公務去工坊，說到哪裡都是有理。至於裡面有多少假公濟私的因素，只有他自己知道。

「我讓雲信從箱子裡翻出了這個，大概是侯府裡新製的。我天生不畏寒，沒什麼用處，妳且拿著用。」薛佑琛道。

林舒婉低頭一看，是一個毛茸茸的圓筒形裘皮手捂子。

她來邑州後，見袁知州的夫人用過。出門的時候可以掛在脖子上，雙手插到手捂子的圓筒裡，就算在戶外，手也不會覺得冷。

他是見她那天手被凍到了，特地為她準備的。

「謝謝。」

林舒婉想到那天他為她捂手的情景，臉上不由一熱。

薛佑琛見她接過手捂子，嬌俏的臉上微微泛著紅雲，心裡歡喜，忍不住將她的模樣狠狠看進心裡。

雖然他手癢得想去抱一抱人，但終是忍住了。

「帶著這手捂子，我們去場地上看看。」薛佑琛道：「這會兒他們應該正在曬羊毛。」

「好。」

林舒婉把裘皮手捂子掛到脖子上，雙手伸進去。

兩人轉到工坊後面。

這日天氣晴好，時值午後，日頭也不錯，將士們正在曬羊毛，林舒婉和薛佑琛並肩走著。

「侯爺，近日公務可忙？」林舒婉問道。

「極忙，過兩日有大批糧草會運到邑州，等這批糧草運到後，便不會再忙了。」薛佑琛道：「這批糧草是日以繼夜從京城運過來的，拉廢了不少拉車的馬匹。」

「拉廢了不少馬匹？」林舒婉不解地問。

「正是。沒日沒夜地運送糧草，馬匹吃不消，路上換了四、五次拉貨的馬，才把糧草運到邑州。這批糧草十分重要，過兩日到邑州……」

薛佑琛解釋著，卻發現林舒婉的腳步停了下來。

他回頭問：「怎麼了？」

「我突然想到一個法子。」林舒婉抬了下蛾眉。「昨日周管事說紡錘之類的工具不夠，邑州沒有足夠的木匠。」

「妳想到法子做出足夠的紡錘來了？」薛佑琛問道。

「跟工具無關，工具的問題解決不了。」林舒婉笑道：「我們都囿於工具，其實可以用其他法子解決這個問題。」

薛佑琛眉梢輕挑。「如何解決？」

「換班制。」林舒婉道：「我們昨日來得早，工坊院門關著，裡面也沒有人在幹活。我們從場地繞回工坊，才有人開始工作。所有人在一天中的同一時辰做活。」

薛佑琛訝異道：「妳是說，要讓不同的人在不同的時辰做活？」

「是。」林舒婉點頭。「將人分為三批，一天十二個時辰也一分為三，每一段四個時辰。每一批人對應一段時辰，讓將士們做活。」

薛佑琛當即大喜。「此法甚善。」

「我也覺得可行。」

這法子是林舒婉從前世學來的，這是生產規模有限，而人力充足的情況下，提高產能極好的法子。

「我們立刻去找老周和袁若瑜。」薛佑琛道。

「好。」林舒婉應道。

兩人便一起疾步往工坊的方向走去。

走到一半，薛佑琛又停下腳步，林舒婉回過身，目光帶著疑惑。

薛佑琛同她說道：「過兩日糧草要到了，後面的清點、入庫，我要在現場調度和監督，恐怕以後沒有什麼空，倒是後日午後，我空著。」

林舒婉眉心微微上抬。

「這邑州城裡的東北角有一個小林子，這林子裡被人建造了亭臺樓閣，修了橋梁，鋪了階梯，是個好去處。」薛佑琛道：「妳將那換班制告訴周行洪和袁若瑜後，讓他們著手去辦吧。若是妳後日無事的話，妳我可以一起去看看……」

大堂中，幾個婦人正在清點剛剛送來的工具，周行洪在旁邊看著。

周行洪閱歷豐富，也經歷過許多困難，縱是如此，他看到這少得可憐的幾十個紡錘，也露出愁苦之色。

太少了，這才夠幾個人用？

袁若瑜走過來。「周管事，今兒到的紡錘多嗎？」

周行洪搖搖頭，指了指擺在地上的紡錘，讓他自己看。

袁若瑜瞧了一眼，嘆了口氣。

「周管事，這可如何是好？」袁若瑜到底年輕，心裡著急，忍不住就問出來。

他的大伯武安伯是個閒散權貴，沒有官位。武安伯府官位最高的就是他的父親邑州知州袁博達，正五品，其次就是他這個正六品的工部主事。

不過他只有十八歲。十八歲就官居六品，可以說是整個武安伯府的希望。武安伯府能不能重新立起來，就看他一人。

本來到邑州管理羊毛衣衫紡織是件好差事，既是歷練，也是軍功，可若是工坊不能製出大量的羊毛衣衫，無法完成皇上交代的任務，甚至拖累戰局，不僅沒有軍功，還會受到責罰。他便對不起大周全軍上下，也對不起武安伯府所有人的殷切希望。

袁若瑜朗眉星目，平日裡一副意氣風發的模樣，此時也是憂心不已。

「邑州城就這麼大，木匠就這麼幾個，能那麼快做出這些已屬不易。我想法子讓那些會點木工的民夫都一塊兒去做，能做多少是多少。」周行洪眉頭緊鎖。

「也只能如此，辛苦周管事了。」袁若瑜道。

就在此時，薛佑琛和林舒婉進了大堂。

薛佑琛把袁若瑜和周行洪喊到旁邊的偏廳中，讓林舒婉把換班制的法子告訴兩人。

「好法子！」周行洪道：「幸虧林大小姐想出了這個法子，解了我等的燃眉之急。」

袁若瑜欣然說道：「這法子好，這……在下給幾位倒杯茶，林大小姐您快坐下，將其中細節慢慢告訴我們。」

說罷，袁若瑜便轉身拿起几案上的茶壺，給幾人都倒了茶。

林舒婉坐下，接過袁若瑜手裡的茶杯。「謝謝袁大人。」

「林大小姐何必客氣，在下只是倒幾杯茶，林大小姐卻想出了好法子。」袁若瑜道：「這換班制……」

林舒婉笑了笑，將換班制的細節仔細跟袁若瑜和周行洪說了。

這天夜裡，袁若瑜去書房裡取書。

書房中，袁博達正在寫摺子。

袁若瑜從書架上取下需要的書，便順口對袁博達道：「爹，您之前同我說，要我對林大小姐恭敬著些，我之前還不明白，現下算是明白了。」

聽到袁若瑜的話，袁博達暗道，在林大小姐來邑州前，南陽侯薛佑琛特地寫信吩咐他，好生收拾住處，準備接待林大小姐，還吩咐了一些細節。

說起來，南陽侯和林相嫡女曾經訂過親，後來解除婚約，再後來，南陽侯的弟弟把這林相嫡女休了，南陽侯府和林相嫡女論理也沒有關係了。

他不知道南陽侯為何這麼看重林相嫡女，也不管南陽侯和林相嫡女間有什麼瓜葛，但既然南陽侯那麼看重此女，他們恭敬著些總是沒錯。

所以他特地吩咐袁若瑜恭敬著，免得不小心輕慢了人家，得罪了林相嫡女，也得罪了看重林相嫡女的薛佑琛。

這些想法在袁博達腦子裡一晃而過，他寫摺子寫得專心，沒空和自己兒子談話，就隨意應了一聲。

他只當是自己兒子在白天的日常接觸中，也看出了南陽侯對林相嫡女的看重。

袁若瑜見父親沒空理他，便出了書房。

他自是沒有看出薛佑琛對林舒婉的特別之處。

他未經情事，對男女之事到底遲鈍了些，而薛佑琛又是奉旨護送林舒婉來邑州協助羊毛紡織的，他們一起出現在工坊很正常，兩人在人前也是十分守禮。

是以，袁若瑜完全沒有意識到薛佑琛對林舒婉的不一般。他以為父親讓他對林舒婉恭敬著些，是因為父親知道林舒婉聰慧過人，很有才幹。

袁博達和袁若瑜父子倆便懷著各自的想法，和以為的對方的想法，沒有進一步交談。

又過了一日，袁若瑜和周行洪便開始著手進行羊毛紡織的換班事宜。有袁若瑜和周行洪在，林舒婉倒是沒什麼事。周行洪經驗豐富，袁若瑜雖然年輕，但人很幹練，兩人已安排得十分妥當。只是偶有不清楚的時候，這時兩人會來問林舒婉，林舒婉便為他們仔細解答。

第二日上午，這換班制便安排好了。

周行洪、袁若瑜和林舒婉三人聚在偏廳，再仔細核實換班制的安排有沒有紕漏。核實一番後，三人都沒發現有什麼錯處。

袁若瑜吁出一口氣。「有了這個換班制，我們這羊毛紡織的任務應當可以完成了。」

「正是。」周行洪說道：「看來這場仗可以早些結束了。」

袁若瑜轉向林舒婉。「林大小姐，這換班制的法子極好，在下以為，若是用在京城的製造局，可以發揮極大的作用。」

林舒婉蛾眉微微上揚。「哦？袁大人是否可以詳述？」

袁若瑜星目明亮，用換班制解決了工具不夠的問題以後，他立刻恢復了少年人意氣風發的模樣。

「京城的眾多製造局地方都不大，京城寸土寸金，想要擴大非常不易。但京城人口眾多，製造局想要招人卻是非常容易的。」

袁若瑜總結道：「人多地少，若是能用換班制，便可多製出許多物件來。」

林舒婉笑道：「袁大人所言甚是。」

她對袁若瑜這個年輕官員倒有幾分讚賞。換班制在現代司空見慣，但這個時代，畢竟還是以小農經濟為主，袁若瑜能這麼快就聯想到京城的情況，這舉一反三的能力就是許多人所沒有的。

幾人正說著話，外頭有將士來稟告。「林大小姐，侯爺說他有事找您，正在院門外等您。」

「好，我這就去。」林舒婉應道。

今日是林舒婉和薛佑琛事先說好，去小林子裡看看的日子。

她起身，同袁若瑜和周行洪道別，便離開了屋子。

袁若瑜看著林舒婉的窈窕背影，心裡有些淡淡的失落，還莫名有些不捨。

小林子不遠，林舒婉和薛佑琛步行沒多久就到了。

從前一日開始，天氣開始放晴，積雪也融化了一些。

雖說是小林子，確切地說是一塊開放的園子，倒有點像林舒婉在前世見過的公園，只是沒有圍牆，且樹木多了些，大多是松樹。

因為雪已經化了一些，這林子的景致不是一片雪白，而是在白色的積雪中，間或露出松樹的綠色針葉、青色的涼亭簷牙，倒也別有一番趣味。

小林子裡沒什麼人，兩人便沿著小路往林子裡走。

「侯爺，明日那批重要的糧草就要到邑州了嗎？」林舒婉問道。

「嗯，明日午後糧草就能到。」薛佑琛道。

「希望戰事早些結束。」

「若是不出意外，估計還有半個多月。」

林舒婉正走著路，眼前出現了幾點零星的雪花。「下雪了。」

薛佑琛點頭。「我們往回走吧。」

林舒婉道：「好，幸好雪也不大。」

剛說完，空中飄著的雪花越來越多。

眨眼間，細小的雪花成了鵝毛雪片，也變得十分密集。

林舒婉和薛佑琛身上也很快覆上薄薄一層雪。

「怎麼就下得那麼大了？」林舒婉道。

「我們快些走。」

「嗳。」

兩人加快步子在雪地裡走。

走了幾步，薛佑琛腳步一頓，抬頭望去，神色變了變。

林舒婉便也抬頭看雪，雪越發大了，落得也越發急。

「侯爺，你在擔心明天的糧草？」她問。

「嗯。」薛佑琛低頭應了一聲。「明日午後才到，希望那時……」

希望那時雪已經停了。林舒婉在心裡補充。

「走，我們快些離開吧。」薛佑琛道。

兩人又重新開始趕路。

地面又濕又滑，儘管林舒婉小心翼翼地走路，還是不小心打了滑，整個人失去重心，重重摔倒。

好巧不好，腳崴了。

巨大的疼痛瞬間侵襲而來，疼得林舒婉忍不住「嘶」了一聲。

她咬牙坐在地上，手捂著腳踝，調整了下姿勢，盼著腳踝這一陣劇痛可以快點過去。

薛佑琛急忙彎腰。「摔到哪裡了？」

「腳踝扭了。」林舒婉抽著氣說道。

她手掌撐地，試圖站起來，只是稍稍一動，腳踝便更疼。腳根本無法著力，更不要說走路了。

她又重新坐下。

薛佑琛見林舒婉光潔細膩的額頭生生疼出汗珠，不由心疼。「竟摔得這麼厲害。妳別動，動了更疼。」

他看看漫天雪花。「我們需得盡快離開，這雪下得越發大了。我揹妳走吧。」

說罷，他不容置疑地背過身，曲下膝半蹲著。

林舒婉抬頭看看，滿眼雪花又大又密，望不到頭。

他們倆說話的這會兒工夫，身上便又落了一層雪。

「謝謝。」林舒婉知道不能再遲疑，便果斷應下。

她一手撐在地上，另一手攀上薛佑琛的肩膀，儘量不讓受傷的腳著力。

感覺到林舒婉趴在他的背上，薛佑琛這才站起來，大步流星地向前走。

隔著厚厚的冬衣，她能感覺到他的背寬闊而厚實，就像一方平坦溫暖的天地。

林舒婉看不到他的神情，只見他用玉冠束得一絲不苟的髮髻，雪落在玉冠和髮髻上，隨著他闊步而行的動作，抖落在肩膀上。

天色越發陰沈，雪越發大，人也越來越冷。

林舒婉本來和薛佑琛一起走路，除了手以外，身上還不覺得太冷，現在她一動不動地趴著，身上就覺得冷。

她忍不住在他背上打了個哆嗦。

背上的人冷得發顫，薛佑琛腳步停下，小心把林舒婉放下，讓她靠著一隻腳著力，站在他面前。

他伸手將大氅扣子解開，把大氅脫下，遞給林舒婉。「妳拿著，再披一層。」

林舒婉仰頭望他，脫了大氅的他，寬肩窄腰，長腿直立，但就一件長襖穿著，到底少了些。

正想拒絕，卻又聽薛佑琛道：「莫推辭，我揹著妳還要走路，不會冷。」

他將大氅往林舒婉手裡一塞。「拿著。」

說罷又背轉過身。

「嗯。」林舒婉應了一聲，將自己身上的雪拍落在地，再把薛佑琛的大氅披在自己大氅的外面。

身上的寒意頓時消了不少。

林舒婉重新趴到薛佑琛的背上，雙手搭在他的雙肩上，她的身子隨著他大步流星的步伐上下顛簸，心裡卻是安穩。

她垂下眼，看見薛佑琛露在外的部分脖子，凍得發紅，心裡一嘆。

這麼冷的天氣，她裹上兩層裘皮大氅才夠，他一件大氅都沒有，就算揹著她走路，總還是會冷。

她想了想，在薛佑琛的背上直起身，將薛佑琛的大氅展開，從背後包裹住他。

一件大氅披在林舒婉的背上，包裹住他們兩人。

薛佑琛愣了愣，腳步也一頓。

身上突然暖和起來，他低頭看看自己的大氅又裹到自己的胸口。

薛佑琛喉結滾了滾，聽到她在他耳邊輕聲道：「這天實在冷，你也蓋著些。」

帶著幾許濕氣的呼吸，隨著她的輕聲細語，拂到他的耳鬢，惹得他耳鬢附近的肌膚又暖又癢，有些酥麻。

陌生的感覺，竟讓他一時忘了邁步。

他的喉結滾了幾次。「多謝。」

「我們快些走吧。」林舒婉道。

「嗯。」薛佑琛應了一句，這才繼續往前走。

薛佑琛揹著林舒婉快走出林子的時候，兩人身上已覆了一層雪，就像疊在一起的一對雪人。

眼見就要離開林子，薛佑琛開口道：「回了京以後，我們……」

我們能不能結上姻緣？

薛佑琛想現在就問她。掙扎再三後，他還是沒有說出口。

他答應過她，等她把林相府的事全都解決後再提這件事。他說過的話，當然要做到。

而她現在身上還有麻煩沒有解決，他也不想催她決定，畢竟婚姻大事，是該好好想想。

林舒婉雖不知薛佑琛要說什麼，卻能猜到大致意思。

薛佑琛對她的心思，她是知道的。

若是他真的問，她的回答會是什麼？

穿越過來以後，林舒婉面臨生活苦難，初時，她的目標是解決生存問題。後來銀子越賺越多，她成了織雲繡坊的東家，她對生活的期待就是賺更多的銀子，活得自在些，有一方屬於自己的天地。

說起來，她穿越到這大周朝以來，在織雲巷的日子過得雖然清苦，卻是最自在的。

成親，她沒有想過。

嫁入侯門，成為世家誥命夫人，更是從未想過。

如果是他的話……

林舒婉趴在他寬闊的後背上，感動是有的，心動也是有的，面對他時，心裡常有旖旎和溫暖閃過。

然而，可能嗎？

一個現代人的靈魂和一個古代的侯門權貴，思想大概會差很多，比如怎麼看待三妻四妾和從一而終？怎麼看待女子婚後不願意被困在後院？

林舒婉對親事十分慎重，也總有期待。親事不是可以利用的工具，也不是一時心動便可以草率決定的。

她心裡有些亂。

她做了個深呼吸，先不去想這些。

出了林子後，林舒婉讓薛佑琛把她放到地上。「剛才腳踝生疼，現在已經差不多不疼了，我可以自己走了。」

林舒婉在地上走了兩步。

「應該沒有傷到筋骨。」薛佑琛道：「不過還是要找個大夫看看，搽點藥酒。」

林舒婉和薛佑琛回了邑州府衙。

府衙的大夫給林舒婉看了腳踝，開了跌打藥酒讓她搽。

這天夜裡，雪下了一夜，到了第二天早上還沒有停。

一直到午後，這雪還沒見收勢。

邑州府衙的議事廳中，薛佑琛坐在主位，手指點著官帽椅的扶手，每點一下都有沈重的意味。

議事廳中，袁博達陪坐在下首，衛得遠則站在薛佑琛身邊。

議室廳裡討論的事跟袁若瑜沒什麼關係，不過袁博達有心鍛鍊他，便把他也叫來，坐在自己的身邊。

幾人默默在議事廳裡坐了一會兒，袁博達終於忍不住問道：「這雪怎麼就沒個消停？侯爺，這雪一直這麼下怎麼辦？」

此時，仲子景走進議事廳，對薛佑琛抱了抱拳。「侯爺。」

「如何？」

仲子景搖搖頭。「積雪太厚，馬匹走不過去，貨車也拉不過去，糧草也就到不了。眼看這批糧草就要到邑州城門了，卻被大雪困在郊外，行進不得。」

仲子景接著道：「積雪厚，馬腿陷到雪裡就拔不出來，更不用提拉車了。」

「再去探。」薛佑琛下令道。

仲子景領命離開。

過了一會兒，他又回來稟告。「回侯爺，積雪太厚，車輪轉動本就十分吃力，馬又拉不了車，這運糧的車隊在郊外寸步難行。」

薛佑琛終於起身。「得遠、子景，隨我去看看。」

「是。」衛得遠和仲子景應下來。

「下官和犬子陪侯爺一起去。」袁博達急忙說道。南陽侯都要看現場了，他一個邑州知州難道還能去休息不成？

「好。」薛佑琛道。

薛佑琛帶著衛得遠和仲子景走在前面，袁博達和袁若瑜走在後面。

一行人尚未走到府衙大門，就在迴廊撞見剛從工坊風塵僕僕趕回來的林舒婉。

她見薛佑琛一行人走出來，都是一副憂慮的模樣，不禁心中訝異。

旁人也罷了，連薛佑琛這個平日喜怒不形於色的男人也面露憂愁？

林舒婉想起薛佑琛昨日說的話，聯想到這場停不了的大雪，心裡猜到了七、八分。

「侯爺，今日應該要抵達的那批糧草是不是出了岔子？」

「嗯。」薛佑琛點頭。

「究竟怎麼回事？」林舒婉問。

薛佑琛將糧草運送碰到的困難告訴了林舒婉。

袁博達對於林舒婉一個女子過問軍務，已是十分驚訝，而南陽侯竟然真的給她解釋，更讓人震驚。

他朝四周看了一圈，衛得遠和仲子景沒有任何詫異的模樣，一副本該如此的表情。

他再看兒子袁若瑜，見兒子也不見半點驚訝的神色。

他不禁暗道，怪不得他的大哥說過，武安伯府將來如何就要看兒子的。就這處變不驚的大器，也不是他可以比的。

第十九章

袁若瑜不知道父親的想法，他只知道林舒婉來了邑州後，想出了換班制的法子，羊毛衣衫的問題便迎刃而解。

他都知道林舒婉有過人之處，更何況一路護送她到邑州的薛佑琛。

糧草運輸遇到困難，薛佑琛會跟林舒婉說是順理成章的事情，沒什麼可驚訝的。如果是他碰到這樣的問題，也會跟林舒婉說上幾句，說不準她會有什麼好法子。

袁若瑜這麼想著，就聽林舒婉道：「積雪太厚，車輪轉不動，只會原地打滑。馬要使力，馬腳就更容易陷到雪地裡。我聽聞北地有一種東西叫雪橇，或許叫雪爬犁，也許有用。」

「是了。」袁若瑜向前邁出一步說道：「是有雪爬犁，邑州城外的獵戶經常用雪爬犁運貨。這雪爬犁和板車十分相似，區別在於板車的底下是四個輪子，雪爬犁底下是兩條長木板。運貨的時候，馬拖著雪爬犁在雪地裡走，雪爬犁的兩條長木板就在雪地裡滑。這雪爬犁看著簡單，卻是雪地運貨的寶貝，十分有用。」

袁博達和袁若瑜是京城人，原本對雪爬犁一無所知，不久前袁若瑜被派到邑州，他為了體察民情，在邑州四周轉了一圈，所以才知道雪爬犁。

袁博達怕冷，也不算勤政，到了邑州，能在屋子裡看看公文、處理公務就不錯了，不願出門體察民情。

至於在場的衛得遠帶兵衝鋒陷陣時雖有勇有謀，但對於軍需運輸，卻不是很了解。仲子景只負責情報，其他都不是很在行。

薛佑琛倒是知道雪爬犁，不過他第一次統管軍需，一時著急，只想著怎樣增加馬匹、增派人手掃雪，一時間也沒想到雪爬犁。

聽林舒婉一說，他頓時如醍醐灌頂。「妳這法子好，就用這個法子。」

袁博達連忙道：「下官這就命人收集邑州的雪爬犁，讓他們都借給官府。」

「不必如此麻煩。」薛佑琛反應過來後，立即想出具體的應對之法。「一家一家收集雪爬犁需得費上不少時日。好在這雪爬犁十分簡單，直接將運貨馬車的車輪卸下，換上木板就是。」

袁若瑜轉頭看了林舒婉一眼，星目明亮。

「那下官、下官……」袁博達遲疑道。

袁若瑜見袁博達有些不知所措，便接口道：「爹不如派衙役們去城內木匠作坊採買木板，無論什麼樹種的木板都行。木板是木匠作坊裡最常用的材料，每家木匠鋪子都常備許多木板。爹派人去木匠作坊收一圈，應該就夠了。整個邑州城就這麼幾家木匠作坊，跑一圈，也費不了一個時辰。」

薛佑琛朝袁若瑜點了下頭。

袁若瑜接著道：「邑州城的木匠作坊，下官十分熟悉，下官帶著衙役去。」

此前為了解決羊毛衣衫的問題，需製作出大量的紡錘工具，袁若瑜跑遍了邑州城所有的木匠作坊。

「好。」薛佑琛道。

袁若瑜是被派來管理羊毛衣衫紡織的，軍需一事不在他職責範圍內。他在邑州府衙中也沒有職務，他帶著府衙衙役也不妥當。

但是緊要關頭，誰在乎這些？

薛佑琛做事從不在意官場規矩，他也有這個資本。

袁博達不會攔著自己兒子立功得政績，剩下幾人更不會管。

這事就這麼定下了。

袁若瑜對薛佑琛拱了下手，轉向林舒婉，也對她拱了下手。「事不宜遲，下官這就去了。」

「爹跟你一起去找衙役。」袁博達忙道。

袁博達和袁若瑜父子快步離開。

薛佑琛把目光轉向立在旁邊的林舒婉。「我先走了。」

「嗯。」林舒婉點點頭。

「回頭謝妳。」

說罷，薛佑琛便快步向外走。

林舒婉看著他離開，寬大的大氅披在肩上，將他的背影襯得更加高大，大氅下的革靴穩而快地錯落向前。

傍晚，這場下了一天一夜的大雪終於停了。

林舒婉習慣吃完飯出來散散步，這個習慣從京城帶到了邑州，見雪停了，她就出了屋，隨意走動。

她現在住的這個院子小，走幾步路就到頭了。於是她出了院子，去了府衙內的花園。

雪雖停了，積雪還極厚，花園的景致都被雪蓋住了，除了雪就沒有旁的了。

林舒婉在花園走了一圈，便覺無聊，正要往回走，就看到向她快步而來的袁若瑜。

袁若瑜剛剛吃完晚飯，正要回自己的院子，路過花園，看到了林舒婉。

他還未及細想，腳步已經向她邁過去。

「林大小姐在這裡散步？」

「嗯，出來走走。」林舒婉道：「袁大人，那雪爬犁已經製好了？」

袁若瑜點頭。「應該好了，我在城裡把木板採買好，隨後帶著衙役和民夫，把木板送到了郊外。木板到的時候，侯爺已命將士們將馬車的車輪卸下。木板一到，侯爺便讓將士們立刻把木板裝到車底下。我也幫不上什麼忙，侯爺就讓我先回來了。說起來，還多虧林大小姐想出這個法子，真是讓在下汗顏。」

林舒婉淺笑。「我只是不用看聖賢書，平日閒書、雜書看得多罷了。」

袁若瑜道：「林大小姐過謙了。說起來，在下也是知道雪爬犁的，但在糧草運輸的問題上，卻沒有想到用雪爬犁。知道是首要的，最重要的卻是使用。哪怕是聖賢書，知並不難，也不是目的，終究要學以致用才行。」

林舒婉笑了笑。「袁大人有這樣的想法，將來一定是能臣。」

得到林舒婉的讚賞，袁若瑜心下歡喜，星目明亮，閃爍著少年人意氣風發的光彩。不過他不敢自大，連忙擺了下手。「不敢當、不敢當。」

他見林舒婉淺笑的模樣，心裡不由暗道，這般秀外慧中的女子，怎麼會被休了？她那個夫君，定是個不長眼的。

他一邊想著，一邊接著道：「林大小姐，這次來邑州，什麼時候回京？」

林舒婉說道：「戰事快結束了，一結束，我便回京了。」

「那倒巧，在下也是戰事一結束就回京。」袁若瑜道。

「那袁大人也很快就回京了？」林舒婉道。

「是啊，在邑州的日子也沒幾天了。」袁若瑜應道。只是回了京，怕是沒什麼機會再見到眼前之人。

現在她是奉旨協助羊毛衣衫紡織，和他算是共事，回到京城，她就是林相嫡長女，高官嫡女輕易不會出門。

至於他，自是回到京城繼續做他的工部主事。在達官顯貴多如牛毛的京城，六品官便是淹沒在宦海不冒頭的小官。回京後，他要為了仕途，艱難向上，這不只是為了他自己，也為了他背後的整個武安伯府。

回京後，要再這樣和她聊天，恐怕是不可能的。

想到此，袁若瑜有幾分失落。

既然現在還在邑州，袁若瑜便同林舒婉接著說話。

時辰已晚，邑州天黑得又早，袁若瑜和林舒婉聊沒幾句，天色又暗下來了。

袁若瑜心知再聊下去有些不妥當，畢竟男女有別，只好跟林舒婉道別離開。

林舒婉回到自己的院子時，天已經全黑了。

她進了院子，正往屋門走時，突然手一緊，被人握住。

她一驚，又很快放鬆下來。

這又大又溫暖且略帶粗糙的手，她知道是誰的。

回頭一看，那人修長的鳳眸正看著她。

林舒婉沒好氣地睨他一眼，無奈道：「你怎麼突然出現在院子裡？嚇我一跳。」

「驚到妳了？」薛佑琛道：「我白日裡說了，晚點來謝妳。本是覺得時辰太晚，沒忍住還是過來了。」

林舒婉四下裡看了看，幸好院子裡空無一人，丫鬟、婆子都躲在屋子裡。

薛佑琛見林舒婉四下裡看，便也向四處看了看。

須臾，林舒婉腰一緊，被他攬著腰帶著走。

林舒婉也不知被他帶著跳了幾次、轉了幾次，待她站定時，竟發現自己站在屋頂上。

「你、你……」

林舒婉瞪著薛佑琛，驚得說不出話來。

「雖說我以為若是有人來，我能提前發現並及時離開，但為了以防萬一，我還是帶妳到屋頂上。這裡決計不會有人，妳也可以放心。」薛佑琛道。

「嗳。」林舒婉應道。

她在心裡嘆了口氣，在這個時代，談情說愛還要防著被人發現。

意識到自己的想法，林舒婉怔住了。

原來她在心裡已認可他了。

林舒婉想到他幾次要提的事……和她成婚？

一個侯門權貴，一個穿越來的靈魂，可能嗎？

她對婚姻十分慎重，不可能因為一時的歡喜和悸動就決定婚事。

婚事是兩情相悅，更是深思熟慮。

薛佑琛見林舒婉愣神，便問：「怎麼不說話？」

「第一次上屋頂，有些驚訝。」林舒婉道。

薛佑琛從懷裡取出一只手爐，遞給林舒婉。「妳的手常常冰冷，妳又沒有帶手爐的習慣。」

林舒婉接過手爐，淺笑道：「實在懶得帶。」

「我出門的時候順手拿的，那時就想著說不定能派上用場，看來真的有用。」薛佑琛指了指屋簷凸起處。「坐一會兒？」

「好。」林舒婉應道。

兩人並肩在屋頂上坐著。

「侯爺，那批糧草後來動了嗎？」林舒婉問道。

「十分順利。」薛佑琛道：「車廂裝了寬闊的木板，在雪裡不容易下陷，馬拉起來也輕鬆。換上木板後，車隊很快就動了，現在糧草都已入了庫。」

「嗯。」林舒婉應了一聲。

罷了，現在先不去想成不成婚的事，等回去把林庭訓的事解決，再想也不遲。到時候，她也許可以找他好好談一談。

「妳第一次上屋頂？」薛佑琛道。

林舒婉蛾眉輕抬。「要不是你帶我上來，我這輩子也不會上屋頂。」兩輩子加起來，她也是第一次上屋頂。

此時雪已停，雖天色全暗，但月明星稀，視線還不錯。

坐在屋頂俯視，可以將整個小院一覽無遺，極目遠眺，還能看到花園裡的景象。

林舒婉有暖爐不覺得冷，她心裡反而覺得這樣居高臨下地看著壯觀雪景，也別有趣味。

「侯爺經常上屋頂？」林舒婉反問。

薛佑琛微勾起唇角。「自然不是。南陽侯府以武立家，我自小便要學武。年幼時頑皮，爬屋頂、翻院牆的事沒少做。長大後，卻再沒有這般肆意。倒是認識妳後，院牆也翻了，屋頂也爬了。」

他轉向林舒婉。「若是覺得冷，我們便下去。」

「倒不冷，只是我從屋子裡出來散步有一會兒了，再不回去，我怕畫眉擔心。」林舒婉道。

「好，那我送妳回去。」

薛佑琛正想起身，突然想到此行的目的，便道：「差點就忘了。我白日裡說，回頭來謝妳。糧草能順利運到邑州，多虧雪爬犁的法子，多謝妳。」

林舒婉道：「侯爺不必客氣，你幫我的更多。」

「那也未必。」薛佑琛堅持道。

林舒婉擺手，誰幫誰多、誰欠誰多，已然分不清。

「還要煩勞侯爺帶我下去。」林舒婉道。

薛佑琛站起身。「得罪了。」

說罷，他伸手攬住林舒婉的腰。

羊毛衣衫和糧草問題解決了，大周將士們吃飽穿暖，奮勇殺敵，氣勢銳不可當，原本以為這場仗還要打一個月，不想半個多月，這場仗就打完了，北狄人也退到邊關外兩百里。

按照聖旨的意思，林舒婉要回京城了。

像來時一樣，林舒婉加入了南陽侯府南下的車隊，由薛佑琛護送回京。

離開時是臘月月底，回來的時候，正月都要過完了。

車隊停在郊外，做最後一次整頓。

林舒婉下了馬車，在路邊隨意走動，不多時，就看到薛佑琛迎面向她走來。

薛佑琛闊步走到她面前站定。「快要進京城了，有打算了嗎？」

「嗯。」林舒婉點頭。

有什麼打算？左右就是算帳。

她和林府還有一筆帳沒算清楚——林庭訓要將她嫁給靖北侯的事。

「在離開京城前，我是一點法子都想不出。」林舒婉道：「但從馬車離開京城那一刻起，我便時時在想究竟該如何脫身。到現在，也算是琢磨出個法子來著。」

「願聞其詳。」薛佑琛道。

「我得先問問侯爺幾個細節上的問題。」林舒婉道。

薛佑琛濃眉上揚。「妳想問什麼？」

「侯爺，你我都知，我爹有貪腐的把柄落在靖北侯手裡。他要把我嫁給靖北侯，是為了讓靖北侯保他。」林舒婉問道：「你既然已經調查出來了，那你有沒有他貪腐的證據？」

薛佑琛搖頭。「我只知隴西貪腐案，他也有干係。若是我手裡有證據，就算我只管軍務，也定會彈劾他的。林庭訓畢竟是當朝丞相，沒有證據，空口白話，起不了作用。」

「那侯爺知道靖北侯手裡的證據究竟是什麼嗎？」林舒婉接著問。

「不知。」薛佑琛立刻回答。

「所以，我們既沒有我爹貪腐的證據，也不知道靖北侯手裡的證據是什麼？」

「正是。」

林舒婉沈默了一會兒，又問道：「侯爺之前同我說，可以爭取一個面聖的機會？」

「嗯。」薛佑琛點頭。「大周大獲全勝，皇上必會論功行賞。而大戰得勝，頭一份功勞是我大周出生入死的將士們。皇上首先要見的，是率兵打仗的大軍將軍統領，之後才會見其他人。大軍將軍統領還在路上，他們尚未抵達京城。」

「侯爺可知那幾位將軍統領何時抵達？」林舒婉問。
「他們動身得晚，估計還有四、五日才到。」薛佑琛道：「妳若有機會面聖的話，也要六、七日後。」
林舒婉低頭算了算。「有些趕，但還來得及。此事還需要侯爺幫忙。」
薛佑琛頷首。「如何能幫得上忙？」
林舒婉便將心中所想和薛佑琛說了。
兩人合計了一會兒，最後定了計。
「不早了，上馬車吧。」薛佑琛道。
回程的最後一次整頓即將結束，上馬車後，車隊就會直接進城門，她會回林相府，他則會回南陽侯府。他們不可能再像路上一樣，隨時可以說話，也不可能像在邑州一樣，他想見她時，便可去作坊見她。
這般想著，薛佑琛心裡十分不捨。「回了林府，自己保重，有什麼消息，我便來告訴妳。妳也不用憂心，有我在，怎麼樣也不會讓妳嫁給那老匹夫的。」
林舒婉嫣然一笑。「好。」
兩人在路邊道了別，各自上了馬車。
這兩日，林庭訓散朝時，總覺得同僚看他的眼神有些異樣。有幾次，他覺得有人在背後對他指指點點，他回頭一看，幾個本來聚在一起說話的官員，見他看過來，就若無其事地走開。

林庭訓起初覺得奇怪，後來也想通了。

他的續弦構陷嫡女，他把續弦休了，估計現在京城的大小官員都知道了。就算原來不知道的，過年走親訪友的，該八卦到的也都八卦到了。京城這些達官顯貴看著高高在上，其實也是八卦得厲害。

他已經把這件事主動告訴皇上，皇上沒有怪罪，那旁人就不可能因這件事掀起什麼波瀾。

說些閒話就說些閒話。

他鴻鵠之志，何必在乎這些小節。

今日散朝，林庭訓的耳邊又飄過「林相」、「林相」這個稱呼。

雖說他已經猜到他們說的是什麼，還是忍不住豎起耳朵。

是走在他前面的兩個官員低著頭，湊在一起竊竊私語。

兩人說得十分投入，沒有注意到在他們身後兩步開外的林庭訓。

林庭訓刻意放輕腳步跟上去，想聽聽對於他休妻一事，他們究竟是怎麼個八卦法。

其中一個體態肥胖的官員說道：「林相出身寒微，不像你我出身富貴，是打小見慣場面的，像林相這樣從小窮慣了的，真的做出這樣的事，也不難理解。」

林庭訓臉色一變，他現在什麼身分，竟然還有人拿他的出身說事？

出身微寒怎麼了？他一身才幹，比一些簪纓世家的紈褲不知強了多少。

那偏瘦的官員道：「出身寒微的有才華橫溢之人，也有品性純善之輩。」

林庭訓聽了，心裡舒服許多，大周朝廷裡還是有不少明白人。

那瘦官員接著說道：「不過林相這件事，空穴來風，未必無因啊！」

林庭訓面色不悅。

胖官員說道：「也不知道是真是假，隴西貪腐，這麼大的案子，這麼多官員落馬，難免有漏網之魚，林相說不準就是條大魚。」

瘦官員點頭。「傳言說隴西官員和林相私底下關係極好，說不準貪腐案裡也有林相的手筆。」

「這傳言說得還真像回事。」胖官員道：「也不知隴西貪腐案裡有多少銀子是進了林相的荷包？」

兩個官員邊說邊走，漸漸離開。

林庭訓站在原地，腿腳一步也邁不開。

他臉色蒼白，身上發冷，雙手握緊。藏在廣袖中的手，手背青筋暴起，手鬆了又緊，緊了又鬆。

隴西貪腐案？

怎麼會有這樣的流言？

他一向謹慎，他涉足隴西貪腐案一事，除了靖北侯外無人知曉。

這流言和靖北侯有關？這流言傳到什麼程度了？

午後，林庭訓把吏部給事賀喜祿喊到了林府書房。

林庭訓素有喜愛青年才俊的名聲，除此之外，他也有喜歡提攜晚輩的美名。

他這麼做當然不是因為他無私善良，而是因為他會在有才華的年輕人中選擇一些人，教導他們，扶植培養，把他們發展成自己的勢力，尤其是出身寒微之輩，更是林庭訓選擇的目標。

這個賀喜祿已是其中佼佼者，才二十多歲，就是從六品的吏部給事。

「老師。」賀喜祿拱手。私底下賀喜祿會喊林庭訓一聲老師。

「喜祿啊，」林庭訓道：「最近朝中是不是有一些關於我的傳言？」

「這……」面對提攜他的林庭訓，賀喜祿覺得不該有任何隱瞞，便如實道：「老師，雖說傳言傳得煞有介事，不過老師您也不要太介意，清者自清，濁者自濁，這陣子傳言過了就過了。」

林庭訓心下一沈，握著茶杯的手頓住。「是關於什麼的傳言？」

「隴西貪腐案。」賀喜祿道。

「傳到什麼程度了?」

賀喜祿看了林庭訓一眼。「這兩日,朝堂上下都傳遍了。」

林庭訓把茶杯擱下,把手收進廣袖中,握緊了拳。

靖北侯府。

靖北侯安懷山半躺在臥榻上。

屋子裡燒著地龍,十分暖和,安懷山穿著緞子的中衣,領口鬆鬆垮垮。他兩鬢斑白,眼下垂著眼袋,一副被酒色掏空了的模樣。

他的臂彎裡躺著一個十八、九歲的美人,正是安懷山新納的小妾何秋芝。

何秋芝穿著單層的襦裙和褶裙,腰間用絲條勒緊,讓曲線更顯妖嬈,硬是將五分的身段勒成了七、八分。

她豐盈的身子貼緊安懷山的胸膛,扭著腰肢說道:「老爺在想心事?怎地也不看奴家一眼?」

安懷山朝何秋芝一瞟,若在平時,他一個嘴就下去了,現在卻提不起興致,意興闌珊道:「妳走吧,老爺今天沒那興致。」

何秋芝往安懷山懷裡直拱,嗔道:「老爺是不喜歡秋芝了?」

安懷山抽回手臂,冷聲道:「叫妳走沒聽見?不知事了?」

何秋芝見安懷山面色不豫，知道他是真的心情不好。她能如此得寵，自是懂眼色的，知道和安懷山這種男人撒嬌要適可而止。之前她一番看似委屈的作態，也是逢場作戲，誰稀罕討好個老色鬼，不過是為了在府裡生存罷了。

「是，老爺。」

何秋芝裝作委屈地吸了口氣，卻是手腳麻利地從榻上爬下來，屈膝行了個禮，小步退出去。

安懷山理了理衣衫，保持著在榻上半躺的姿勢。

他心裡煩。

這兩日他聽到不少風言風語，說是林相和隴西貪腐案有關。

安懷山心裡腹誹，林庭訓和隴西貪腐有關，誰會比他更清楚，這罪證還在他手裡捏著。但他清楚是他清楚，其他人怎麼會知道？這傳言又是從哪裡來的？

若是他把林庭訓貪腐的罪證呈給皇上，那就是他的功勞和政績。不過林庭訓跟他說過，要把嫡女嫁他做續弦，來換取他保住林庭訓。

那是風華絕代的秀宜郡主的女兒。雖然他還沒見過，但聽說也是姿容絕色的。若是能娶到秀宜郡主的美貌女兒，天天梨花壓海棠的，想想就讓他興奮不已。

他已經是靖北侯，又一把年紀了，要功勞或政績做什麼，還不如得個嬌滴滴的美人兒，風流快活。

林庭訓跟他提的時候，當時他思考沒多久就接受了。

但現下，情況有變。

原以為林庭訓涉嫌貪腐，只有他和林庭訓兩人知道，不承想現在流言四起。

他不知這流言的源頭是哪裡，但不管如何，萬一林庭訓貪腐一事被別人揭發彈劾，那他作為查案的負責人……

就是失職。

或是被人發現他知情不報，甚至被人發現其中的權色交易，便是欺君之罪。

欺君……那可是身家、性命都要了結的。

他可以不要政績、不要功勞，但不能不要性命。

萬一要真是如此，不僅他自己性命不保，連靖北侯府上下幾百口人都要遭殃。

他年紀雖大，但惜命得很。此事還涉及整個靖北侯府，若真的事發，拖累了整個侯府，他死了，也沒臉見底下的列祖列宗。

屋子裡地龍燒得旺，安懷山生生打了個寒戰。

他起身，在屋子裡走了兩步，嘴裡嘀咕。「傳言究竟是從哪兒來的？」

夜裡，林庭訓輾轉難眠。

這傳言難道是靖北侯放出來的消息？

除了他，無人知曉這件事。

但靖北侯為什麼會放出這個傳言？

難道以為他要反悔，不願嫁女？

林庭訓想了一夜，決定跟靖北侯約個時間，讓他見一見自己的嫡女林舒婉。

一來，他對女兒的相貌十分有自信，他的女兒論外貌像極了秀宜郡主，是個萬裡挑一的美人。靖北侯好女色，他見了女兒定會動心，不會拒絕保他。

二來，他約一約靖北侯，也可以試探一下，看看他究竟是什麼意思？

次日一早，安懷山收到了林庭訓的帖子，請他今日到林府一聚，相看一番。

帖子裡沒有明說相看什麼，但安懷山心知肚明，林庭訓是請他去相看林府嫡長女的。

去還是不去？

看美人當然想去看，況且他只是去看看而已，又不是上門提親。至於聯姻與否、是不是真的要保下林庭訓……干係太大，他還要再考慮考慮。

不過，現在關於林庭訓的閒言碎語傳得正盛，這個節骨眼上，他貿然去林府拜訪，被人知道了，憑地惹人浮想。若是把他也加到傳言裡，豈不染了一身腥？

還是不去了？

但安懷山又按捺不住想看美人的心思，心裡直癢癢。他這輩子沒什麼旁的愛好，就是喜歡美人。

色字頭上一把刀，一把刀就一把刀，何況他只是去看看。

他心裡糾結許久，給林庭訓回了一封信。

信裡說，他就不去林府了，若是林庭訓得空，他今天在京城雲鵬樓裡宴請林庭訓，他們可以在雲鵬樓相看一番。

寫好信後，安懷山將信裝進信封，讓小廝送到林府。

他堂而皇之地去林相府並不合適，但是兩人相約去雲鵬樓相聚，卻可以避人耳目。

雲鵬樓是靖北侯府的產業，他去自家酒樓裡吃飯、喝酒，沒什麼好置喙的。而林庭訓去酒樓吃飯也很自然，只要他們小心些，不要同時出現在人前，就不會有人知道他們在一起吃飯。

另一頭，林庭訓收到安懷山的回信，立刻明白安懷山的意思，當即又回了一封信，感謝安懷山的邀請，他一定如約而至。

傍晚，林舒婉提著褶裙，下了馬車。

眼前是一幢高樓，上下足有六層，屋頂由三連瓦鋪就，飛簷上翹，形如展翅飛鳥。讓人抬頭一看，便覺萬般氣派，華貴不凡。

屋簷下端端正正掛著巨大匾額，匾額邊緣雕了繁複的回字紋，匾額中央便是「雲鵬樓」

三個字，寫得極有氣勢，彷彿雲中大鵬展翅飛翔而來，氣勢沖天，震撼人心。
林舒婉看著這雲鵬樓的門面，在心裡讚了句「好樓宇」，可惜她今天還有正事要辦，不能好好參觀。
「舒婉，這雲鵬樓是京城最大的酒樓，妳從邑州回來，在家裡也悶了三日，今日有人在雲鵬樓設宴宴請爹，爹便想著帶妳一起來看看。妳長這麼大，還沒來過雲鵬樓吧？」
林庭訓說著，腳步不停，帶著林舒婉往雲鵬樓裡走。
「多謝爹。」林舒婉應了一聲，便跟上林庭訓的腳步。
她提著褶裙，垂眸看著腳下，跨過門檻，唇角似勾未勾，譏誚淡笑。
林庭訓為什麼要帶她到雲鵬樓來，林舒婉心裡明鏡似的。
他終於等不及了，朝堂上下傳言四起，他如何能坐得住？所以才在今天特地囑咐她好生打扮一番，跟他到雲鵬樓來。
好生打扮一番？賣女兒賣得真急切。
在訂親前，讓男女雙方相看是大周朝不成文的規矩，不過這男女雙方相看，要麼是在自家花園中，要麼在外面廟宇，趁上香的時候相看一二。像林庭訓這樣帶著女兒去赴宴讓人相看的，實在有些不要臉，把自己女兒當什麼？
林舒婉抬頭，收起唇角嘲諷的淡笑，跟著林庭訓不疾不徐地往前走。
一個唇紅齒白的機靈小廝迎過來。「林相、林大小姐，我家老爺讓小的在這裡等候二位，二位隨我來。」

「好，帶路吧。」林庭訓道。

兩人跟著這個小廝上樓梯，進了三樓一間雅間。

林舒婉左右環顧，這間雅間十分寬敞，牆角放著高几蘭花，靠牆置著博古架和櫃子，博古架上都是貴重擺件，牆上掛了名家字畫，地上還放著琉璃梅瓶。同雲鵬樓的門面一樣，這雅間是貴重豪華，氣派不凡。

這間雅間雖可以容納兩、三張桌子，但卻只在正中擺了一張小八仙桌。小八仙桌上已擺滿了酒菜。

桌邊坐著一個男人，雨花錦長襖，琉璃腰帶，穿著十分華貴。

只是他兩鬢斑白，眼袋下垂，身形肥胖，一副沒有節制的奢靡模樣，浪費了一身好衣裳。

「林相來了啊，快請坐吧。」

安懷山說著，一雙眼卻黏在林舒婉身上。

他見林舒婉膚白細膩，纖腰款款，身段妖嬈，真真一個難得一見的美人，他心裡便開始發癢。

林庭訓見安懷山盯著林舒婉看，知道安懷山對林舒婉的相貌是滿意的。他心下大定，對林舒婉道：「這是靖北侯，今兒是靖北侯宴請爹爹的，妳快去見個禮。」

「是。」林舒婉應了一聲，對安懷山曲了曲膝。「侯爺安康。」

「好、好。」安懷山大笑。「快坐、快坐。」

林庭訓在安懷山對面坐下，林舒婉則坐在林庭訓旁邊。

林庭訓和安懷山一邊吃著酒菜一邊隨意聊天，不過兩個人相約一聚，目的本就不在聊天、吃飯上，聊了幾句就沒什麼好聊的。

林庭訓捂住自己的肚子。「今日早上受了涼，這會兒小腹疼痛，下官先失陪。」

安懷山立刻裝模作樣地接話。「林相快去吧，肚子受涼可不好受啊。以後注意著些身子，大周少不得要靠林相處理公務啊。」

林庭訓起身拱了拱手。「失陪。」

說罷，他便匆匆忙忙離開雅間。

雅間裡只剩下林舒婉和安懷山二人。

安懷山一雙無神的老眼緊緊盯著林舒婉。他突然覺得，和眼前的美人相比，自己後院那些女人都是庸脂俗粉，不堪一提。

他上次對一個女子的相貌驚豔是什麼時候？那是在二十多年前，他見到秀宜郡主時的驚鴻一瞥了。

他拿起酒壺，給林舒婉倒了小半杯酒。「林大小姐，請。」

林舒婉淺笑。「哪能讓靖北侯為我倒酒？」

安懷山看到林舒婉淺笑嫣然，眼都看得直了。「無妨、無妨。」

林舒婉拿起酒壺給安懷山的酒杯裡倒了酒。「該是我給靖北侯倒酒才是。我爹已把他帶我赴宴的原因告訴我了。」

安懷山舉起酒杯。「哦？林相怎麼跟妳說的？」

林舒婉說道：「我爹說，雖然委屈了我，但此事他已經決定，也只能委屈我了。」

「委屈？」安懷山一怔，心裡有些不舒服了。

這林庭訓什麼意思？怎麼就委屈他女兒？他再不濟也是世襲罔替的侯爵門第，而他林庭訓只是個寒門出身的。他確實是納續弦，可林庭訓的女兒也是個被人休了的。他年歲確實比她大了許多，可他後院裡哪個小妾不是正當妙齡的黃花閨女？

說什麼把他女兒嫁給他是委屈他女兒，難道是看不上他？一邊看不上他，一邊卻要嫁女兒？

他朝眼前的林舒婉瞄過去，見林舒婉帶著淺笑，沒有任何異常。他心道，這林大小姐就這麼把她爹說的話告訴他，可見是個沒有心機的。

他聯想到林舒婉被繼母陷害，壞了名聲一事，越發確定林舒婉是個心思純淨、心性單純的女子。若非如此，她的繼母也不會輕易害得了她。

「那妳覺得委屈嗎？」安懷山問道。

林舒婉笑道：「我感激靖北侯還來不及，怎會覺得委屈？」

「感激？」安懷山十分詫異。「感激我什麼？」
林舒婉抿了抿唇，支支吾吾道：「這……我爹他……他不讓我說的。」
「哦？」安懷山眼睛半瞇。「妳也知道自己將來是要到靖北侯府當主母的，怎麼還沒有進門，就想著欺瞞我了？」
「可是……」林舒婉猶豫地搖搖頭。「可是在家從父，我畢竟還沒有出嫁，我、我得聽爹的。」
「呵呵，妳就不怕妳進了靖北侯府，我會因妳現在的欺瞞和妳生出嫌隙，對妳不滿？林大小姐的後半輩子都在靖北侯府，怎地不為自己的後半輩子著想？」
林相這個嫡長女和林相完全不同，是個單純的，他且哄她一哄，讓她說出實話。
他循循善誘道：「更何況，妳早晚都要嫁到靖北侯府的，到時候妳也必須要告訴我。早也是告訴，晚也是告訴，還不如現在就告訴我，對妳也有好處。」
林舒婉張了張嘴，一副被說動的模樣。
「那我就告訴你。」
「洗耳恭聽。」安懷山正了神色認真聆聽。
「……算了，還是不告訴你了。」林舒婉看了安懷山一眼，往後縮了一下。
「林大小姐怎麼出爾反爾呢？」安懷山惱道。
「我怕我爹知道是我告訴你的，他會怪罪我。」林舒婉擺手。「我還是不說了。」

「我還當是為什麼，」安懷山誘導道：「放心，出得妳口，聽得我耳，再沒有旁人知道了。」

林舒婉將唇抿成一字形，看著安懷山，猶豫不決。

「怎麼，不信我？」安懷山道。

「不是不信你，那我就告訴你，你可千萬別告訴我爹，是我跟你說的。」

「放心，我絕不會和林相透露一個字。」安懷山道。

林舒婉吐出一口氣，說道：「我爹說，他在朝為官多年，難免會出錯，他做錯了事，若是被人發現，他會丟了性命，還會連累我，也會連累其他家人。」

安懷山眉心斂起，聲音冷了些。「此事同我有何干係？」

「我爹說有的。」林舒婉道。

「什麼干係？」安懷山道。

「我爹說，您可以保住他，可以保住我們林家闔府上下。」林舒婉說道：「我爹說，只要您不把關於他的證據交出去，我們林府就不會有事。」

第二十章

安懷山面色沈下來。

他隱瞞皇上，包庇林庭訓，這種事知道的人越少越好，本以為只有他和林庭訓兩人知道，沒想到林庭訓竟把這事告訴了林舒婉。

他嫁女就嫁女，跟女兒說這麼多做什麼？

「這件事除了妳以外，妳爹還跟別人說了？」安懷山問。

林舒婉訝異地看著安懷山。「這麼大的事，我爹當然是跟家裡所有人都說了，連已被我爹休了的母親也說了。」

林舒婉睜大著眼，似乎是奇怪安懷山為什麼要這麼問，這本就是應該的事。

她所說的大部分都是假的，她的姨娘、弟妹都不知情，只有林竇氏知情是真的。

「都說了？」安懷山震驚道。

「是啊，自是都說了，怎麼了？」林舒婉問

安懷山看林舒婉一副懵懂純真的模樣，心道這林大小姐心思單純，這麼重要的事情，必不可能說謊。

他心裡對林庭訓又恨又惱，這麼隱密的事，林庭訓怎地到處亂說？他不僅告訴女兒，還告訴其他家人，也不知有沒有告訴林府的下人或和他交好的同僚。

近日，關於林庭訓的傳言傳遍朝野上下，莫不是林庭訓他自己走漏了風聲？

林庭訓想死便死，偲地拖累了他。

林舒婉接著道：「侯爺，您保了我爹，保了我全家，這是對我們林家的大恩，我自是感激您的。爹跟我說了後，我還特意查了律法。」

靖北侯一頓。「律法？」

「嗯，之前不懂律法，聽了爹的話，我就去查了查。」林舒婉道：「一查之下，才知侯爺冒了多大的風險、擔了多大的干係。按照大周的律法，查出了問題，但故意隱瞞是要連坐的。」

「連坐啊……」林舒婉道：「我們林府受什麼罰，靖北侯府也受什麼罰，我爹丟了性命，侯爺也要丟了性命，林家抄了家，靖北侯府也要抄家。林家家眷……」

「話不能亂說！」安懷山急忙打斷了林舒婉。

林舒婉眨巴了下眼。「侯爺，怎麼了，我看的律法不對嗎？」

安懷山自然知道律法，但經林舒婉這麼一說，他越發心驚肉跳。

「不是律法的事。」安懷山道。

「那是什麼事？」林舒婉問。

安懷山心裡暗道，幸虧林庭訓的女兒心無城府，被他套出這些話，他才知林庭訓是個口無遮攔的。

保下林庭訓風險太大。

安懷山看著林舒婉懵懂、清純的雙眸，說道：「我突然想起來，我還有急事要辦，就先走了。這雲鵬樓是靖北侯府的產業，這頓飯讓小二記在帳上就好。」

「侯爺有事，我自是不敢多留的，我替我爹爹多謝侯爺今日款待。」林舒婉道。

「不用客氣。」

安懷山急匆匆離開，美人也顧不得看了，還看什麼美人？

安懷山離開後，又過了一會兒，林庭訓才回到雅間。

「爹，您回來了，看您離開了這麼久，是不是病得厲害？」林舒婉道：「若是身子吃不消，回去後，找府裡的凌大夫瞧瞧。」

林庭訓一擺手。「我無事。靖北侯呢？」

「靖北侯先回去了。」林舒婉道。

林庭訓吃驚，大聲道：「回去了？怎麼回去了？」

「靖北侯說他突然想起來有急事，匆匆忙忙走了。」林舒婉道。

「妳冒犯了靖北侯？」林庭訓嚴厲道。

「這頓飯是靖北侯宴請爹的，女兒怎麼會去冒犯靖北侯？」林舒婉道：「定是因為爹離開太久，他又有急事，等不及了，這才匆忙離開。靖北侯離開時說這頓宴請讓我們找小二記他帳上就行。」

林庭訓眉頭鎖住。

誰在乎這一頓飯錢，這靖北侯到底是什麼意思？

林庭訓想不明白，只能帶著林舒婉回了相府。

回相府後，他給靖北侯又寫了封信，問他相看後是否合心意？

信送出去後，他便什麼事都不做，心焦地等待靖北侯的回信。

他在書房中來回踱步。步伐焦躁，雙拳握緊，心裡忐忑。

直到夜深，靖北侯的回信還是沒來。

林庭訓煩躁地把書案上的硯臺砸到地上，一聲巨響，在靜謐的夜晚顯得格外清晰。

「老爺？」

門口守候的老僕聽到響動，喊道。

「無妨。」

林庭訓沒好氣地道，他多少年沒這麼煩躁了。

「是，老爺，夜深了，您安置了吧。」老僕在門外道。

老僕的話讓林庭訓沒由來地一陣煩躁。

「滾！」他喝道：「莫來煩我！」

「是、是。」老僕唯唯諾諾地退了開來。

書房外沒了響動，林庭訓像突然被抽乾了力氣，跌坐在圈椅裡。

又是一夜未眠。

次日晨起，林庭訓萎靡不振地出門早朝。

散朝後，皇帝裴凌按照慣例喊了幾個重臣到御書房商議國事。

「庭訓啊，你今日怎麼又心不在焉？」裴凌語氣中帶著一絲不悅。「上次如此，今日又如此？」

林庭訓跪下道：「臣知罪，求皇上恕罪。」

「上次是因為休妻一事，這次又是因為什麼事？」裴凌問。

林庭訓磕了個頭。「庭訓是在想，大周在邊關大獲全勝，是將士們的功勞，也是因為皇上仁德英明，天佑我大周。臣想著我等是否要寫一張榜文，將皇上的文治武功，昭告天下。」

「榜文就不必了，不過你殿前失儀，朕饒你一次，卻不能饒你兩次。」裴凌道：「一會兒這裡議事散了，你自去領五個板子，小懲大誡。」

「臣遵旨。」

按照慣例，五個板子是在御書房門口打的。

林庭訓趴在御書房門口，由宮中內侍執行。

五個板子雖不多，打不死也打不殘，但打板子卻是疼到骨頭裡。

第一板子下來，林庭訓便疼得一個哆嗦，嘴裡「嘶」的一聲。還沒緩過勁，第二板子就下來了，林庭訓忍不住哀號一聲。

林庭訓雖出身寒門，但一輩子也沒受過皮肉之苦，五個板子下來，他的臀股皮開肉綻，整個人都蜷成了一團。

打完後，林庭訓站不起來，是宮裡的內侍把他扶起來，送出了宮。

一路上，被不少往來官員看到，他們用異樣的目光看著林庭訓，在他背後指指點點。

林庭訓身上疼，心裡氣，礙於在宮中，他也發作不得。只好忍著疼，又忍著氣，被內侍扶著上了馬車。

回到林府後，林庭訓顧不得臀股的傷，便迫不及待讓下人扶著他去了書房。

因為屁股傷重，林庭訓一坐到座位上就疼得厲害，只能站在書案旁書寫。

信寫好後，林庭訓又讓小廝把信送到靖北侯府。

隨後，他才喊了門口的老僕扶他回臥房休息。

臀股有傷，不能仰臥，只能趴著。

「老爺，凌大夫來了。」老僕林永貴彎著腰在床邊輕聲道。

「讓他進來。」林庭訓有氣無力道。

凌大夫進了屋子，檢查林庭訓的傷口。

皮肉綻開，和褲子黏在一起，為了防止撕扯皮肉，凌大夫用剪刀將褲子剪開，縱使如此，林庭訓依舊疼得緊握雙拳，手背青筋根根明顯暴起，他咬牙低嚎一聲。

林永貴朝林庭訓的傷口偷瞄了一眼，嚇了一跳，不忍心地收回目光，默默搖頭。

「相爺，您傷得厲害，近日不要隨意走動，臥床休息，半個月到一個月後可恢復。」凌大夫道。

「如果走動呢？」林庭訓喘著氣問。

「偶爾幾步路也還好，若是走得多了，傷口不易癒合，時間久了，怕會引起瘡瘍。」凌大夫道。

「你上藥吧。」林庭訓道。

凌大夫將藥粉撒到林庭訓的傷口上，巨大的刺痛感讓林庭訓的身體抽了一下。

「相爺？」

林庭訓咬緊牙關。「上藥。」

凌大夫把藥上好、包紮好，便退出屋子。

「你也下去吧。」林庭訓指著林永貴。

「是。」

「如果有靖北侯的回信就來告訴我，無論什麼時辰。」

「是。」

林永貴應聲退出屋子。

林庭訓忍著疼，等著回信。

然而他的信好似石沈大海，直到深夜，也沒得到靖北侯的隻言片語。

林庭訓趴在床上，臀股的疼痛、內心的焦慮，絞得他難以入眠，又生生熬了一夜。

第二日日出東方，林庭訓面容憔悴，臉色蒼白，往日一表人才、清秀俊逸的丞相，彷彿一夜之間突然老了十歲。

林庭訓依舊讓人伺候著梳洗一遍，去了早朝。

兩日未眠讓他精神有些恍惚，他內心惶惶不安，就怕自己坐在家裡，一道聖旨下來就要他的命。

精神恍惚的林庭訓在馬車裡胡思亂想。

說起來，自從隴西貪腐案結案後，靖北侯就告了假，丟了公務，在家裡享樂。

皇帝因為他隴西貪腐案辦得不錯，體諒他年紀大了，就允他在家裡休息一陣，所以靖北侯最近是不會來早朝的。

可是今天萬一靖北侯上朝彈劾他……

這兩日，靖北侯對他完全不搭理，態度微妙，這究竟出了什麼岔子？問林舒婉又問不出個所以然。

所以他今天必須去早朝，萬一靖北侯彈劾他，他也可以為自己辯駁，爭取時間。

要是靖北侯來了，但是沒有彈劾他，他就得找個機會跟靖北侯說上話，當面問問他到底是什麼意思？

胡思亂想一通，馬車就到了宮門口。

宮內禁行馬車，也禁止官員帶下人進宮。

林庭訓只能熬著臀股的抽痛，一步一步挪到金鑾殿。

靖北侯沒有來。

林庭訓咬著牙熬過了早朝，下朝時後背衣衫已經濕透。

靖北侯安懷山在偏廳，歪坐在椅子裡，看著府中的歌妓奏樂起舞。

他懷裡摟著的是他近日最得寵的小妾何秋芝。

安懷山看了一會兒歌舞，便覺索然無趣，如同嚼蠟，再看看懷裡的何秋芝，庸脂俗粉，引不起他半點興致。

昨日，他氣沖沖離開雲鵬樓，直接回了府。

他本打算寫摺子彈劾林庭訓，把證據呈給皇上。這樣一來，他既可以把自己摘出去，還可以得一份功勞。雖然他一把年紀也不稀罕什麼功勞，但有也總是好的。

可當他一回到府裡，看到那些迎接他的鶯鶯燕燕，突然一陣無趣。

看過了林家大小姐的絕色，再看他後院這些女子，便覺雲泥有別。

安懷山猶豫了。

他喜好美色，若是一輩子沒能得一個像林家嫡女這樣的美人，此生便會落下個遺憾。牡丹花下死，做鬼也風流。更何況，他也不是必死，只是會有風險。

可這風險真的太大，要擔的關係也太大。

安懷山心裡掙扎、糾結。

林庭訓寫了幾封信給他，他都沒有回，他心裡也亂著。

於是，懷著猶豫不決的心情，安懷山把彈劾的奏摺寫好，又把林庭訓貪腐的證據整理好。

但這奏摺和證據，到底要不要呈上去？

安懷山坐在廳中，漫不經心地掃著眼前幾個搔首弄姿的歌妓，沒來由地一陣厭煩。

他擺擺手道：「都下去吧。」

這日傍晚，工部主事袁若瑜一路靠著問路，摸索到了織雲巷裡的一進小屋。

他的手裡握著南陽侯薛佑琛給他的帖子，帖子裡請他到織雲巷最裡面的民居見面，有要事相商。

袁若瑜收到帖子時十分驚訝，南陽侯有什麼要事同他相商，而且還約在如此偏僻的所在？

他想了一會兒，不管是什麼原因，既然南陽侯相約，他總是要去的。

於是，到了帖子上約定的時間，他便依約來到這一進屋子的門口。

他拿起院門門環，敲了敲門。

老舊的木門「吱呀」一聲打開，開門的正是南陽侯。

「侯爺。」袁若瑜拱了拱手。

「進來吧。」

薛佑琛淡淡看了袁若瑜一眼，轉身向裡走。

袁若瑜跟著薛佑琛的腳步穿過狹窄的院門，走進屋子。

跨過門檻，看清屋子裡坐著的人，他不禁一愣。

「林大小姐？」袁若瑜訝異道。

林舒婉淺笑道：「袁大人別來無恙。」

如同上回偷偷出府一樣，這回她也是趁著傍晚林相府守衛薄弱，被薛佑琛從林相府帶出來的。

她必須在天黑前回去，她的時間不多。

「林大小姐也在這裡？」

袁若瑜回頭看看薛佑琛，只見薛佑琛面無表情地在林舒婉旁邊坐下來，他心中越發奇怪。

對於林舒婉和薛佑琛同時出現在民居裡，袁若瑜完全沒有往男女感情上想。

他沒有經過男女情事，對這方面頗為遲鈍。何況，薛佑琛和林舒婉把他叫過來，三個人在一間屋子裡，要說的事也一定與男女感情無關。

但究竟是為了什麼事？

薛佑琛指了指林舒婉對面的座位。

「坐吧。」

「是。」

袁若瑜點了下頭，坐到林舒婉對面。

他們三人這樣圍著桌子坐著，讓袁若瑜想起在邑州的日子。若是再加上他的父親袁博達和周行洪，那就真的像在邑州府衙商議軍需公務了。

這麼想著，袁若瑜放鬆下來，也笑道：「林大小姐別來無恙啊？」

能再次見到林舒婉，袁若瑜還是十分歡喜的。

「在下收到侯爺的帖子便趕來了，到了此地不僅見到了侯爺，還見到了林大小姐。看來不只是侯爺要找在下，林大小姐也要找在下。也有可能是林大小姐要找在下，只是借了侯爺的名。」

「袁大人才智過人，你猜對了，是我要找你。」林舒婉道。

袁若瑜是林舒婉要找的，但她卻不方便下帖子。

「林大小姐找我什麼事？」

雖然已經猜到了，但袁若瑜還是難免驚訝。

林舒婉勾唇淺笑。「送一份政績給你。」

袁若瑜更加驚訝。「此話怎講？」

「袁大人是工部主事吧？」林舒婉問道。

「在下不才，正是正六品的工部主事。」袁若瑜道。

「那就是了。隴西貪腐案其中涉及一項重要工事，是修建隴西水利。」林舒婉說道：「這項地方工事是工部下發的銀子吧？」

「正是，說起來下官還參與了銀兩下撥的審核。」袁若瑜道：「只是沒想到，隴西官員收到下撥的銀子後，竟然中飽私囊。」

林舒婉話鋒一轉。「袁大人可知這項水利工事的立項是誰審核的？」

袁若瑜回想了一下。

「是林相。」

他狐疑地接著道：「林大小姐為何這麼問？」

「這隴西水利工事是林相審批下的，隴西官員以水利工事為由，得到了工部下發的大筆銀兩，隴西官員從中貪墨了巨額銀兩，然後將其中一部分孝敬給林相。

「這水利工事的審批是一項權錢交易。林相從這項工事中貪墨巨大的銀兩。」

林舒婉拋出的話，讓袁若瑜大驚失色。

袁若瑜猛地站起來，脫口喊道：「這是真是假？」

意識到自己的失態，袁若瑜連忙道：「不是在下不相信林大小姐，只是此事駭人聽聞。無憑無據的，在下、在下一時失態了。況且林相是林大小姐的父親，林大小姐突然這麼說，在下實在吃驚啊。」

林舒婉道：「倒也不是無憑無據，物證是有，不過不在我手裡，而且我也不知道物證是什麼。」

「這……在下倒是被林大小姐繞糊塗了，既沒有物證，又不知道物證是什麼，那不是無憑無據嗎？怎麼又叫不是無憑無據呀？」袁若瑜問道。

林舒婉勾唇淺笑。「物證不是沒有，只是在旁人手裡，至於人證，我卻是有的。」

「人證？」袁若瑜疑惑道。

薛佑琛聽到這裡，朝旁邊的屋門喊道：「妳出來吧。」

話音剛落，旁邊屋門中便走出一個婦人。

這婦人約莫三十五、六歲，沒了往日養尊處優的嬌柔模樣，卻是一臉憔悴，臉色蠟黃。

林舒婉朝薛佑琛點了下頭。

前世的現代社會有小三反腐，現下，她卻要來一齣下堂妻反腐。

從門內走出來的不是旁人，正是林庭訓剛剛休了的續弦林竇氏。

袁若瑜朝林竇氏看了一眼，問道：「這位是……」

林舒婉點頭。「證人。」

她頓了一下，接著道：「林相貪腐，她一清二楚。林相貪的是隴西水利工事的銀兩，隴西水利工事由工部負責，而袁大人你則是工部主事。」

袁若瑜立刻道：「在下明白了，林大小姐是想讓在下遞摺子彈劾林相？」

林舒婉道：「袁大人也可以在摺子裡提一提這個證人。」

「可是只有人證，沒有物證……」袁若瑜不免遲疑。

「到時也會有人將物證交出來呈給皇上的。」林舒婉道。

「是誰？」

「現在還不便告訴你。」林舒婉接著道：「若是袁大人信得過我，便寫一道摺子給皇上，說有人密告林相，中飽私囊。」

袁若瑜想了想，說道：「此事若是事成，最後林相被人查出貪墨官銀，那在下這個寫摺子的就可以得一份功勞。若是林相最後沒有被查出貪墨銀兩……」

他頓了頓，接著道：「在下寫的摺子裡，只是說有人找到在下，向在下密告林相，請在下請旨查林相，並非直接誣告林相。若是林相最後沒有查出貪墨，在下最多也就是被打幾板子。」

林舒婉點點頭。

袁若瑜接著說：「當然，在下會因此得罪林相，卻也能給皇上留下一個耿直忠君的好印象。」

「袁大人不妨權衡一下？」林舒婉笑了笑。

「被打幾板子無非是皮肉傷，在下還能忍受得住。至於得罪林相，在下也是不怕的。在下是武安伯府的人，有什麼事要用到人脈時，只會找宗親、姻親這些世家人脈，而不會找林相。當然和林相關係好自然好，關係差，也不是什麼大不了的事。」

袁若瑜正色道：「權衡下來，當然該答應林大小姐。」

林舒婉頷首。

袁若瑜會答應，也在她的意料之中。

武安伯府日漸式微，袁若瑜這個官場新星是武安伯府振興的希望，這點袁若瑜心中也很清楚。

但大周官場一向是論資排輩的，就算袁若瑜有能力，上頭還有老資歷的官員熬著、等著。

當初林庭訓能那麼快升遷，除了他處理公務的能力外，很大程度上是得益於秀宜郡主的娘家勢力。

袁若瑜沒有這種強而有力的助力，想要迅速升遷，豈是易事？

除非他有特殊的政績，或是能在皇上面前刷好感度，才能在一群熬資歷的朝臣中脫穎而出。

眼下就是個好機會，袁若瑜是個聰明人，也是個躊躇滿志的少年郎，他不會放過這個機會。

「林大小姐，在下尚有一事不明。」袁若瑜道。

林舒婉笑了笑，眼中神采流轉。

「是不是覺得奇怪，我為何要你揭發我的親爹？」

袁若瑜搖頭道：「林大小姐和林相之間想來有不為人知的過節，要不然好端端的，林大小姐也不會這樣做。

「只是，林大小姐妳也是林家的人，一榮俱榮，一損俱損。林相出了事，林大小姐也得不了好。

「林大小姐這麼做會牽連到自身，豈不是這般平白受反噬？若是為了心中怨恨，傷了自己，實在划不來。」

「功績在眼前，難得你還想到問一問我的情況。」林舒婉笑道：「放心，我有自保的方法。」

「好，既如此，我便應下。」袁若瑜道。

「謝謝袁大人。」林舒婉道。

袁若瑜站起來朝林舒婉拱拱手。「林大小姐送在下這麼大一份功績，是在下該謝林大小姐才是。」

林舒婉拿起桌上的茶杯，給袁若瑜倒了杯茶。

「袁大人，喝茶。」

袁若瑜接過茶杯，喝了一口，指著旁邊的林竇氏。「這女子究竟是誰？她又怎知林相貪腐？」

「袁大人應該知道林相年前休了妻吧？」林舒婉道。

袁若瑜將手裡的茶杯往桌上一擱，倏地從條凳上站起來，指著林竇氏。「妳說她就是林相那位被休了的續弦？」

「就是她。」林舒婉道：「我爹從隴西水利工事中貪墨銀兩，她一清二楚。身為林相的夫人，她的證詞也很有說服力。」

她讓林竇氏作證指認林庭訓，竟是出乎意料的順利。

林竇氏被林庭訓休了後，便回了娘家。

竇家家主是個五品官員，官不大，家裡院子也小，人卻很多。林竇氏被休回娘家後，便受竇家上上小小的嫌棄。

兄嫂嫌她花費家裡的開銷，父母嫌她丟了臉面，連嫡親的小妹都說她影響自己說親。嫌棄當然不只是在口頭上，實際行動也有。

竇家騰不出正經屋子給林竇氏住，就將一間放置雜物的小屋子收拾了給她住，每日殘羹冷炙的給她三餐，不讓她餓死就是。

三九天嚴寒，給她的霜炭也是最次等的，還時常短缺。

沒多少日子，林竇氏便從一個養尊處優、嬌柔溫婉的丞相夫人，真正成了憔悴不堪、老態畢現的下堂婦。

當了十多年的丞相夫人，富貴慣了，一下子落差這麼大，林竇氏如何受得住？

被休後的日子，苦不堪言。

林舒婉讓薛佑琛去找她，讓她做人證，指認林庭訓貪墨，條件是薛佑琛給她一筆銀子，讓她就算離開竇家獨自過活，也可以衣食無憂。

當然，這些銀子不可能讓林竇氏回復像在林相府般錦衣玉食的日子，但至少可以讓她吃飽穿暖，不用受凍挨餓。

林竇氏想也不想就答應了。

她拿了薛佑琛的銀子，離開竇家，在京城租了間普通的民居，靠著薛佑琛給的銀子，過著平民百姓的日子。

這些都是薛佑琛翻牆到林府找林舒婉的時候告訴她的。

今天，薛佑琛把林竇氏帶到織雲巷這間民居中，讓她給袁若瑜當人證。

林舒婉朝林竇氏看過去。

林竇氏身穿普通的布衣襖子，頭上垂髻用木釵綰著，髮絲有些亂，臉色蠟黃，唇又乾又白。

誰能想到幾個月前，她還是誥命夫人？

林舒婉心裡暗道，她那麼乾脆答應做人證，完全不顧她和林庭訓十幾年的夫妻情分，除了為了吃穿用度外，對林庭訓也有怨恨的吧？

畢竟林庭訓和她十幾年的夫妻，還養育一子，但林庭訓完全不顧念夫妻之情，說休就休了。

「妳願意做這個人證？」林舒婉問她。

林竇氏嘆了口氣，看著眼前曾被自己欺壓的繼女，心裡五味雜陳。

她的繼女也曾被休，被娘家嫌棄，不過她這繼女依舊過得不錯。

反觀她自己，能平安過完一生，已是最好的結局。

不甘和嫉妒是有的，但更多的是無可奈何。

面對繼女，林竇氏心中到底想要些臉面，故作平靜道：「我已經答應了，妳又何必多此一問？」

「既如此，就把妳所知的都告訴這位袁大人。」林舒婉道。

靖北侯府。

臥房中，安懷山張開手臂，由著寵妾何秋芝為他更衣。

何秋芝問道：「近日總見老爺憂心忡忡的，也不知道老爺為什麼事憂心，不知道妾身能不能為老爺分憂？」

「朝堂上的事，妳一個婦道人家懂什麼？」安懷山不耐煩地道。

何秋芝從安懷山的背後把他的袍子脫下來，嫌惡地看了一眼安懷山肥大的肚子。

「老爺忒小看妾身了，妾身知道老爺是為了林相的事。」

安懷山一愣，隨即捏住何秋芝的手腕，老眼盯著她，厲聲道：「什麼林相的事？妳怎麼知道的？」

何秋芝手腕吃痛，心裡咒罵了一句，面上卻是一副嬌嗔模樣。「老爺，今兒我怡春院的姊妹來看我，是她告訴我的。」

「她告訴妳什麼？」安懷山問道。

「她告訴我現在有傳言說，林相和隴西貪腐案有關。」何秋芝說道：「怡春院是什麼地方？是京城最大的青樓。來怡春院消遣的達官顯貴數不數勝，我那姊妹是怡春院的當紅姑娘，那些達官顯貴見了她，莫不是丟了魂似的，什麼話不跟她說？不過，妾身在怡春院的時候，她自然是比不過妾身的，現在妾身被老爺贖了回來，心裡便只有老爺一人了。」

「這事竟然在青樓裡都傳開了？」

安懷山變了臉色，喃喃自語。

何秋芝眼珠子骨碌一轉。

「還不只這些。」

「還有什麼？」安懷山問道。

「還有啊，隴西貪腐案是老爺您查辦的，傳言說您收了林相的好處，故意保他的呢。」何秋芝嬌嗔。

安懷山心裡咯噔一下。

此事不妙。

何秋芝接著道：「老爺，妾身就說您小瞧了妾身吧，要妾身說，老爺怎麼會去保林相呢？這可是要砍頭的呢。留得青山在，不怕沒柴燒，這命都沒了，要什麼好處……」

安懷山手一揮。「妳退下去！」

「侯爺，妾身說錯了什麼？」何秋芝一臉委屈。

「叫妳走就走，囉嗦什麼？」安懷山道。

「是。」

何秋芝只好退了出去。

一出屋門，她神色間的委屈、無辜頓時消失，換成了竊喜。

話她已經說了，下次再見到她的姊妹蘇紅袖時，就可以收到那筆可觀的銀子了。

安懷山拿起衣架上的錦袍，胡亂披到身上，快步走到臥房的外間。

外間有一張書案，安懷山走到書案旁，拿起書案最上面的一本摺子。

這是他早前寫好的彈劾林庭訓的摺子，摺子裡夾了幾頁紙，正是林庭訓貪墨的罪證。

摺子握在手裡，腦裡想的是剛才何秋芝說的話。

留得青山在，不怕沒柴燒。性命都沒了，還要什麼好處、要什麼美人？得了。

他也好幾日沒上朝了，明天他就拿著這份摺子上朝吧。

次日清晨。

林庭訓又是幾乎一夜未眠。

昨天早上，他上朝時沒有看到安懷山，算是平安過去了。

那今天又如何？

林庭訓忐忑不安地上了馬車，準備去早朝。

今日，馬車裡除了林庭訓以外，還有林舒婉。

昨天下午，宮裡有內侍到林府來傳話，說皇上讓林舒婉今日進宮面聖。皇上會在早朝散朝後見一見林舒婉，所以今天林庭訓便帶著林舒婉一起進宮。

「舒婉，一會兒進了宮，一舉一動都要謹慎小心，見了皇上更要謹言慎行。」林庭訓沒精打采地叮囑了一句，便閉眼休息。

「是，爹。」林舒婉應了一句。

馬車到了宮門口，林舒婉跟著林庭訓下了車。

林庭訓一步一挪，煎熬著向金鑾殿走，林舒婉則由宮人引著往御書房走。

走沒幾步，林舒婉就見到來上早朝的薛佑琛。

他正大步流星地向金鑾殿走去。

薛佑琛突然轉頭，向林舒婉看去，朝她點了下頭。

林舒婉心領神會，也不著痕跡地朝薛佑琛點了頭。

「林大小姐，這邊走。」宮女道。

林舒婉立刻跟上腳步。

皇帝去上早朝了，宮女便把林舒婉帶到御書房的偏殿。

「林大小姐，您在這兒等皇上下朝吧。」宮女道。

「是，姑娘去忙吧，我在這裡等就是。」林舒婉道。

宮女退開後，林舒婉就安靜地坐著，默默等著朝堂上即將發生的事。

金鑾殿。

安懷山已站在朝堂上，他揣著彈劾林庭訓的摺子，心裡還有最後一絲掙扎。

這摺子一旦遞上，他就和林相嫡女那小美人徹底無緣了。

林庭訓提心吊膽了兩日，終於在朝堂上看到了安懷山，他立在殿中，朝安懷山使眼色，安懷山就像沒有看到他似的，對他毫無反應。

他不由緊張起來，皇帝說些什麼他也聽不清楚，只聽得自己劇烈的心跳和耳邊嗡嗡的鳴響。

他似是撐著最後一口氣，才勉強立在殿中，不至於倒下。

突然他耳邊刮過「林相」二字，他驚了驚，以為是安懷山在參他，他定睛仔細一看，安懷山還一動不動站著。

不是安懷山。

林庭訓轉過頭，循聲望去，說話的是一個不認識的年輕官員，好像在工部任職。

他在說什麼？

袁若瑜站在殿前，雙手握著摺子，躬身道：「昨日有人找到微臣，向微臣告發林相貪墨隴西水利工事下撥的銀兩。臣不敢隱瞞，更不敢懈怠，已將那人所訴如實寫進摺子裡。」

安懷山眼皮一跳，心中直道不妙。

已經有人告發林庭訓了，看來知道林庭訓貪墨的還有旁人，說不定那人手裡還有證據，看樣子林庭訓很快就會被查出來了。

一旦林庭訓被查出貪墨，他這個隴西貪腐案的主辦人哪有什麼好果子？瀆職是最輕的，要被人知道他是為了保住林庭訓而故意隱瞞，這後果……

「侯爺，按照律法，您是要連坐的。」這是林府嫡女說的話。

「老爺，留得青山在，不怕沒柴燒。性命都沒了，還要什麼好處？」這是昨日他的小妾在他耳邊說的。

皇帝裴凌蹙了下眉。「告發林相……」

安懷山到現在哪裡還敢再猶豫，全身一個激靈。

「皇上，臣有事啟奏。」

裴凌被打斷，心裡不悅，看了眼安懷山。

「靖北侯，朕先說林相的事。」

「臣要說的也是林相的事。」安懷山道。

「什麼事？」裴凌問道。

「臣有罪，辦完隴西貪腐案後，發現貪腐案還有漏網之魚，就是林庭訓。臣這幾日在家中已把摺子寫好，罪證也整理好了。原本臣是告了假的，今日上朝，就是為了把這摺子呈給皇上。微臣要彈劾林相。」

安懷山說罷，慌裡慌張地從懷裡掏出摺子。

「皇上，摺子在這裡。」

有老太監走到殿中，把安懷山的摺子和袁若瑜的摺子都收上來，遞給裴凌。

裴凌從老太監手裡接過摺子，正要細看，突然聽到殿中「轟」一聲重物倒下的聲音。

「林相暈倒了！」

「林相怎麼了？」

金鑾殿哄鬧起來。

裴凌不悅地輕咳一聲，大殿立刻安靜下來。

「把林相扶到偏殿。」裴凌道。

兩、三個當值的太監走到殿中，把林庭訓從地上扶起，挽著胳膊、架著腿，把林庭訓弄出大殿。

裴凌面色沈沈，繼續低頭看摺子。

大殿異常安靜，無人再敢說話。

少時，裴凌冷聲道：「著刑部徹查林庭訓貪腐一案。」

早朝散了。

誰也不知大周今日早朝的巨大變故，是一個閨閣女子一手策劃的。

林舒婉在御書房偏殿裡等了一會兒，便聽到隔壁御書房似乎有動靜。

這時，剛才的宮女走進屋子。「林大小姐，皇上剛剛下朝，這會兒正在御書房見朝臣，過會兒皇上要見您的時候，再來喚您過去。」

「好。」

林舒婉應下，她仔細辨聽御書房裡傳來的聲音。低沈的嗓音傳了過來，這嗓音林舒婉是認得的，是薛佑琛。但她只能聽出薛佑琛的聲音，卻聽不清他在說什麼。仔細聽了一會兒，依舊什麼都聽不清楚，林舒婉只得作罷，繼續安靜地等候。

宮女立在旁邊，朝林舒婉看了一眼，心裡驚訝。這林大小姐是第一次面聖吧，怎地沒有一絲焦急，竟是如此坦然自若，真是個沈得住氣的。

宮女所想，林舒婉自是一概不知的。她心裡暗道，既然已經散朝，皇帝和薛佑琛也到了御書房，那朝堂上關於林庭訓的事應該已經結束了。

御書房內，裴凌冷著臉。

「我大周丞相竟是個大貪官？朕用人不當！」

「皇上息怒。」薛佑琛道。

裴凌怒道：「讓刑部好好地查，朕倒是要看看朕的丞相到底貪了多少銀子！」

他一揮手。「好了，不提此事了，朕見你們幾個，是為了褒獎你等為大周北狄這場仗貢獻的軍功。你們幾個雖未直接上戰場，但也盡了力，理當論功行賞。」

「皇上。」薛佑琛撩起長袍，跪地說道：「臣不求賞賜，臣想用軍功向皇上討個旨意。」

「什麼旨意？」裴凌問。

「賜婚的旨意。」薛佑琛道。

裴凌怔了怔，隨即哈哈一笑。

「今兒終於有件高興的事了。怎麼，我們南陽侯有看上的姑娘了？朕早就說過了，你也二十多歲的人了，到現在還沒個家室。說吧，你看上哪家的姑娘了？」

「臣想求個賜婚聖旨，至於是哪家的姑娘，」薛佑琛道：「等那姑娘應了臣，臣再告訴皇上，免得影響她的閨譽。」

「看來那姑娘還沒有答應你，不想南陽侯竟在姑娘面前受了挫，哈哈。」裴凌道：「那好，朕就等你再告訴朕。這事你想得還挺周到。」

薛佑琛沒管裴凌的調侃，謝了恩。

裴凌見薛佑琛神情嚴肅，和平常沒有什麼兩樣，覺得調侃他也沒什麼大意思，便不再說他。

「起來吧，此事朕應下了。」

薛佑琛起身。

裴凌褒獎了其餘幾位官員，皆大歡喜。

「林大小姐，皇上要見您，快跟奴婢來。」宮女道。

「好。」

林舒婉起身，跟著宮女走出御書房偏殿。

她跟著宮女走到御書房門口，便見薛佑琛從御書房走出來。

薛佑琛的目光挪到林舒婉臉上，對她點了下頭。

林舒婉心下明白，一切順利。

她走進了御書房。

「臣女給皇上請安。」

林舒婉屈膝行禮。

裴凌坐在主位上，低頭看著林舒婉，心情複雜。

這個林相嫡女獻出了製作羊毛衣衫和流水線的法子。在邑州，又想出了換班制和雪爬犁的方法。

這些他從薛佑琛和袁若瑜的摺子裡都看到了。

她功不可沒，是該好好賞一賞。

可惜她的父親竟出了這樣的事，等她父親定了罪，她是該受到牽連的。

裴凌犯難，一時竟不知如何處置林舒婉？

「林氏女，」裴凌道：「大周這場仗，妳也是有功勞的，妳想要什麼賞賜？」

林舒婉跪到地上，背脊卻是挺直。「回皇上，臣女不想要賞賜，臣女想用功勞換旁的。」

裴凌問道：「哦？妳想換什麼？」

林舒婉低著頭，語氣波瀾不驚。「若是臣女的父親做錯了什麼事，臣女求自己和其他家人不要受到牽連。」

裴凌眉心一攏。

「妳知道剛剛早朝的事？」

林舒婉茫然道：「早朝？臣女豈會知道早朝的事？是臣的繼母昨日告訴臣女，父親做了錯事，她說她已經找了朝廷官員告發父親。臣女不知繼母所說是真是假，只想著萬一這事是真的，臣女可以用這份功換自己和其他家人免受牽連。」

「嗯。」裴凌應了一聲，想她一個閨閣女子又怎會知道朝堂上發生的事？

「那妳父親呢？」裴凌問：「妳怎麼不為妳父親求情？」

「若是父親真的犯了大錯，那皇上降罪也是他該受的，臣女豈敢用自己這點功績，求皇上饒過父親？」林舒婉道。

「好，妳所求的，朕允了。」

傍晚日落，袁若瑜從衙門出來，卻沒有直接回府，而是去茶館喝茶。

他有一項愛好，便是去茶館聽說書。雖說他是個文臣，但偏偏喜歡聽戰場英雄殺敵的故事，大概因為年紀輕，就算天天讀聖賢書，心裡卻還有幾分崇拜英雄的熱血。

離說書開始還有些時間，茶館裡人尚不多，袁若瑜從進門處的樓梯上去，到二樓找了個靠欄杆的座位。

這座位視線極好，正對著一樓的說書臺。

袁若瑜叫了一壺茶。

他坐著等了一會兒，旁邊一桌空位來了四、五人。

這四、五人圍著桌子坐下，也叫了一壺茶，隨後便一邊喝茶，一邊聊天。

茶館裡人少，也頗安靜，這些人所說的話，清晰地傳到袁若瑜耳裡。

「我今兒得了本詩集，是南陽侯府薛三爺的詩集。薛三爺近日的詩詞真是精妙，這詩集裡的每首詩都是好詞妙句。如今薛三爺可以說是京城第一才子了。」

「我聽人說，薛三爺自稱情場失意，他把自己的感情都融入詩詞裡。」

「難怪，薛三爺的詩詞讀來感人肺腑，繾綣情深，原來是他自己的感情。卻不知道他是怎麼個情場失意？他長得好，身分也不差，又有才華，世上的女子都會喜歡，究竟是哪個女子讓他受挫？」

「豈止是不錯？相貌、身分、才華，在京城裡都是頂尖的，哪個女子……我不知道。」

「我也不知。」

「這誰能知道？」

「不管如何，就算是情場失意，也算是成就了薛三爺。薛三爺這些婉約詩詞，成就了他京城第一才子的名聲啊！」

袁若瑜端起茶杯，吹了吹浮在茶水上的茶沫。

他們口中的薛三爺應該就是南陽侯薛佑琛的弟弟，年紀大概跟他差不多。

薛三爺有個大哥撐著門戶，可以當才子天天寫詩、風花雪月。

他是不行的，他身上肩負整個武安伯府，在官場中汲汲鑽營，這大概就是他的宿命了。

袁若瑜小啜了一口茶。

薛三爺已經成名，他卻還只是個小官。不過今年他去了一趟邑州，又寫了摺子彈劾林相，既有政績，又在皇上面前露了臉，希望可以助他在仕途上再進一步。

心裡正想著事，又聽鄰桌幾人繼續說話。

「薛三爺的事，咱們先別說了，近日咱們大周出了件大事，你們知道嗎？」身穿綠襖的男子低著頭，說得神神秘秘。

一個八字鬍的男子道：「你想說林相的事？」

綠襖男子問：「你知道？」

八字鬍男子道：「丞相下了獄，要被處死了，這事全京城誰不知道？」

袁若瑜放下茶杯，朝鄰桌看了一眼，又收回目光。

他上摺子彈劾林相的當日，靖北侯也同時彈劾林相。他給了人證，靖北侯給了物證。人證、物證齊全，當真鐵證如山，林庭訓第二日就被定了罪。

皇上念他多年勤於公務，留了他一條全屍，賜他毒酒一杯，不是明日也是後日就該行刑了。

他想到在織雲巷的民居裡，林舒婉告訴他，他提供人證，自會有人提供物證。

他的人證是林舒婉給他的，那靖北侯的物證又是哪裡來的？還是說靖北侯本來手裡就有物證，是林舒婉讓他也在那天上摺子彈劾林相？

或者，林舒婉算準了靖北侯會在那天上摺子拿出物證來？

那個女子……袁若瑜想起林舒婉泰然自若，卻又巧笑嫣然的模樣，也不知道她如何了？

八字鬍男子道：「那你知不知道林相家眷的事？」

「家眷的事？怎麼回事？」另有一人問道。

「林相出了那麼大的事，家眷都是要受到牽連的，女眷要充為官妓，男丁要沒入賤籍，但是林相的家眷卻都沒有事。」

「是啊，想要再做丞相家眷是不可能了，但也沒有成了賤籍官妓的，往後就同你我一樣，都是平民百姓了。」

「皇上對林相的家眷網開一面了？這裡面有什麼緣故？」綠襖男子問道。

八字鬍男子道：「是林相的嫡長女用自己的功勞換的，說起來這林相嫡長女也是個奇女子啊！

「可惜了，若不是碰上這麼個爹，這林相嫡長女不知要得什麼賞賜，說不定還能得到什麼封號，或御賜個什麼好婚事。可惜攤上這麼個爹，連官家小姐也做不得了。」

聽幾人說到林舒婉，袁若瑜又想起林舒婉說她有自保之法的模樣。

林庭訓被定罪後，他第一時間就知道了，林舒婉用自己的功勞，換取自己和家人免受牽連。

可惜嗎？

袁若瑜腦中浮現出林舒婉淺笑的模樣。她應該不覺得可惜，她也許根本不在意官家小姐的身分。

茶館裡的人漸漸多起來。

時辰一到，「啪」一聲驚堂木，整個茶館安靜下來。

袁若瑜鄰桌幾人不再說話，開始聽說書，袁若瑜也把目光轉向一樓的說書臺。

與此同時，林舒婉去了織雲繡坊。

此時已是傍晚，繡坊的繡娘們已經收工，正在擺放繡架、收拾針線。

院子裡，郝婆婆帶著幾個粗使婆子收晾曬的布疋。

聽到敲門的聲音，郝婆婆心裡奇怪。

都這個時辰了，怎地還有人來繡坊？

「妳們繼續打掃，我去開門。」郝婆婆說了一句，便去開門。

門一開，見到笑盈盈地立在門口的林舒婉，郝婆婆驚訝地張著嘴。

她一拍大腿。「林、林小娘子！」

她回頭大嚷：「林小娘子來了，是林小娘子來了！」

郝婆婆年紀大，嗓門也不小，中氣十足地一喊，把繡坊裡的眾人都吸引到門口。

繡娘們放下手裡的東西，往院門口走，嘴裡道：「林小娘子！」

「林小娘子回來了！」

林舒婉被眾繡娘圍在院門口。

綠珠第一個開口。「林小娘子，您來了啊，我們都掛念著您！」

郝婆婆道：「可不是，您的事老婆子聽說了七七八八，林小娘子您也不容易啊，要是什麼需要老婆子的，您儘管開口。」

「是啊，林小娘子，要是有綠珠可以使得上力的，您記得吩咐我。」綠珠道。

春燕拉著妹妹春妮，擠到林舒婉面前。「林小娘子，當初您救了春妮，現下您若是用得上我們姊妹倆，就喊我們。」

春妮紅著臉，點點頭。

認識林舒婉的繡娘都跟林舒婉打招呼，新來的繡娘則好奇地打量著這位傳說中的繡坊東家。

「林小娘子，我們都掛念您呢。」

「林小娘子，辛苦了。」

「勞各位掛念，我挺好的。」林舒婉笑道：「謝謝妳們的好意。」

「林小娘子，您這趟回來繡坊，是來看看就走，還是留下來的？」郝婆婆問道。

「是啊，林小娘子，您還走嗎？」綠珠問。

「不走了。」林舒婉道：「我是繡坊的東家，日後就留在繡坊和大家一起賺銀子。」

「好、好。」郝婆婆道：「留下來就好。」

「有林小娘子在，咱們這些繡娘又有大銀子賺了。」綠珠樂呵呵道。

「董大娘呢？」林舒婉問道。

「董大娘在二樓，我帶您上去。」郝婆婆道。

繡坊眾人立刻讓開一條道。

郝婆婆引著林舒婉穿過院子，上了繡坊二樓。

董大娘正在寫字，抬頭間，見到立在門口的林舒婉，手一頓，一滴墨汁滴在紙上。

董大娘看著林舒婉，定了幾息，又驚又喜地喊道：「舒婉！」

「董大娘，我回來了。」

董大娘站起來，快步走到門口，拉起林舒婉的手。

「舒婉，妳可算回來了。」

她把林舒婉拉進屋子。「妳的事還有妳的身分，我都聽說了。剛開始我也嚇了一跳，還在心裡怨妳隱瞞，後來聽到妳的那些事……」

董大娘嘆了一口氣。「可憐見地，原本以為只有我們這些市井小民的女子命苦，不想高門大院裡的女子也一樣命苦。被人陷害、毀了名節、被休棄，又被娘家嫌棄，這真是……林小娘子，妳也忒不容易了，真是辛苦。」

「我無礙的。」林舒婉道：「那些冤屈也洗清了。」

「可是……」董大娘道：「妳原本是官家小姐，現在卻……」

「高門大院的女子也不一定命好。人怎麼活，都看自個兒。」林舒婉道：「若是董大娘不嫌棄我這個罪臣之女，我便繼續和董大娘一起經營織雲繡坊。」

「怎麼會嫌棄？」董大娘說道：「妳能來最好不過。現在繡坊生意大了，我一個人還真管理不了，生意上有不少事，我難以決斷，都積累著，也不知該怎麼處理，妳來了就好，有事咱們商量著來。舒婉，妳是個有本事的，妳來了，咱們繡坊生意肯定更好。」

董大娘接著道：「喔，對了，這段日子繡坊賺了不少銀子，我都替妳留著，就想著什麼時候能給妳。我現在就拿給妳。」

林舒婉按住董大娘的手。

「這事先不急，我們先講講繡坊的生意。」

林舒婉在繡坊裡同董大娘說了一會兒話，見天色漸暗，便同董大娘以及繡坊眾人告別，回了織雲巷的那間民居，畫眉還在這民居裡等著她。

走到院門口時，天邊只剩下最後一道餘暉。

就著昏暗的光線，林舒婉看到院門口立著一個人，高大挺拔，如雪中青松。

遠遠的，他看著她。

第二十一章

「回來了？」

薛佑琛大步走到林舒婉面前。

「嗯。你來多久了？」林舒婉仰頭問他。

「不久，我敲了門，妳那丫頭給我開了門，說妳去繡坊了，我便在門口等妳。」薛佑琛道。

「讓你久等了。」林舒婉朝天邊看了看，日頭已全落，只剩淡淡雲彩。

薛佑琛似有若無地勾唇。「不必說那麼見外的話。」

「你來找我……」

「有事找妳。」

林舒婉問：「是什麼事啊？」

薛佑琛輕啟薄唇，嗓音低沈。

「婚事。」

林舒婉一怔，心跳突然加快了些。

薛佑琛接著道：「幼時，妳母親和我母親為我倆定下了親事。此前，我雖從未見過妳，但一直知道自己是訂了親的，有一個尚未過門的妻子。」

林舒婉聽他不疾不徐地說著這些話。他聲線低沈，像是多年陳釀的美酒。光線昏暗，她甚至看不清他的眉眼，卻覺得他的聲音帶著莫名的蠱惑，讓人沈醉。

「妳母親和我母親都已過世，但親事定下就是定下了的。」薛佑琛道：「當時，因為一場誤會，妳改嫁佑齡。如今誤會解開，我自要重提親事。」

薛佑琛見林舒婉沒有說話，便繼續道：「此前妳說，等林相府的事解決後，再說妳我之事。而現在林相府的事已經塵埃落定，我便來提妳我定下的親事。」

林舒婉嚥了口唾沫。「侯爺，我後來嫁了薛三爺，你我親事也就作罷了，現在，你和我算不得訂了親的……」

薛佑琛鳳眸一垂。「這樁親事本該是我的，妳會嫁給佑齡，不過是誤會罷了。既如此，誤會得解了……」

他抬眼，修長的鳳眸中流露出堅定而執著的神色。「親事重歸於我，有何不可？」

林舒婉想了想。「侯爺，你若是有空，我們進屋說話。」

她想同他好好談談。

「好。」薛佑琛頷首。

林舒婉帶著薛佑琛進了院子。

他來過許多次，每次只在門口同她說話，這是第一次進了院子。

院子很小，但打掃得很乾淨，角落裡種著幾株喬木，光禿禿的，只待暖春來臨，好抽出新芽。

林舒婉把薛佑琛帶進屋子，畫眉見到林舒婉和薛佑琛一起進來，也不驚訝，給他們二人倒了茶。

畫眉將燭臺上的蠟燭點燃，燭火搖搖晃晃的，屋子裡一下敞亮許多。

「畫眉，我同侯爺有些事要商量，妳去隔壁耳房休息一會兒吧。」林舒婉道。

她倒不是想隱瞞畫眉什麼，只是談男女婚嫁之事，畫眉在一旁聽著，她會彆扭。

「是，小姐。」

說完畫眉就退了出去。

薛佑琛和林舒婉面對面坐著，燭火搖晃，兩人的身影也映在牆上。

林舒婉斟酌著開了口。

「侯爺，我不想成親。」

薛佑琛有些失落地垂眸。

「是嗎？」

「嗯，不是不想同你成親，而是不想成親。」林舒婉解釋。

薛佑琛低斂的眉眼猛地抬起。

「妳是說，妳不是對我沒有情意，只是不想成親？」

聽明白了林舒婉的話，薛佑琛既是歡喜，又是疑惑。

今日之前，他是能感受到她偶然間對他流露出的情意，只是她未明說，他也不敢肯定，時常想他和她兩情相悅，也時常患得患失。

如今得她親口承認，心中自是歡喜萬分，冷峻的眉眼也帶上歡喜之意。

疑的是，既然對他有意，又為何不願嫁他？

薛佑琛便開始猜測林舒婉的心思。

「妳曾是南陽侯府的三夫人，莫非是這個原因，讓妳覺得再嫁入侯府處境尷尬？」

說罷，他自己先搖頭。

「不是，妳說不願成親，不是不願嫁我，應該同南陽侯府無關。」

林舒婉道：「確實不是這個原因。」

薛佑琛又道：「是否是因為妳成親那三年，被夫君冷落，三年生活困頓，妳害怕再遭到如此對待？」

說罷，他搖搖頭。「我怎麼可能這麼對妳？」

林舒婉道：「不是的。」

「那……」

薛佑琛猜來猜去，不得要領，只好搖頭。

「妳可願意直說？」

林舒婉也不喜歡這種猜來猜去的把戲，便開誠布公道：「我想繼續當織雲繡坊的東家。」

薛佑琛疑惑道：「世家中多的是夫人手裡有不少鋪子的，妳嫁與我，再繼續當繡坊的東家，並不矛盾。這又是為何？」

「那不一樣。」林舒婉道：「你說的那些夫人只是鋪子背後的主子，她們手裡的鋪子其實是另有人打理的，夫人們只是收銀子、看帳本，最多隔空指揮著。我說的不是這樣。」

林舒婉看了看薛佑琛，接著道：「我要參與繡坊的經營和各種決斷，會經常去繡坊，會談生意、拋頭露面……這些並非世家夫人所為，所以我想我不適合當個世家夫人管理內務。」

薛佑琛了然，隨後沈默了一會兒。

林舒婉以為薛佑琛已經明白她的意思，並且知難而退，心裡嘆了口氣，正打算送客，卻聽薛佑琛開了口。

「妳被抓進林府的時候，我經常翻院牆去尋妳。在邑州的時候，我也帶著妳上過屋頂。」薛佑琛道：「妳還記得嗎？」

「自然記得。你說這些做什麼？」林舒婉問。

「哪一件不是於理不合的？」薛佑琛說道：「我避著旁人做這些事，是為了顧及妳的名聲。若是論我，大庭廣眾搶親的事，我都能做得。我不是那些看聖賢書的學究，我自小就知道自己會上戰場，在戰場上，誰講究什麼規矩？」

林舒婉蛾眉輕輕抬了抬，沒想到他會這麼說。

「你的意思是……」

薛佑琛道：「我的夫人想經營繡坊就經營繡坊，想拋頭露面就拋頭露面，於我都不是問題。」

林舒婉張了張嘴。

她一直以為這個時代的權貴都是看中規矩，對女子要求苛刻，沒想到他竟是不同的。

她思考了一下薛佑琛的話，突然覺得他確實是個不拘小節、不是很講規矩的人。

薛佑琛眉眼間的冰雪消融，像早春的湖水。「妳無須顧忌這些，我也不會拘著妳……現在妳可否願意？」

林舒婉抬眸，薛佑琛的鳳眸裡映著搖曳的燭火，就像他的眸子閃著亮光。

她咬著唇，欲言又止。

「這般吞吞吐吐，不像妳的性子。」薛佑琛笑道。

林舒婉被他一說，倒不再遲疑，睜大眼問：「你會納妾嗎？」

薛佑琛問道：「妳是擔心我納妾？」

林舒婉抬眼道：「不是。」

薛佑琛抬眉。「那為何這麼問？」

「不是擔心，是嫌棄。」林舒婉道：「看不上納妾的男人罷了。」

薛佑琛認真地思考了一會兒。

她不是怕他納妾，不是怕有人跟她爭寵，而是根本看不上會納妾的男子，對納妾的男子敬而遠之。

「我明白了，方才這麼說是我的不是，給妳賠個罪。」

他站起來給林舒婉拱了拱手，跟她道了歉。

「薛某不才，卻也不至於讓姑娘看不起。」薛佑琛道：「我對妳的心意，妳也清楚，怎麼會辜負妳？納妾是萬萬不會的。」

林舒婉看著他。「侯門權貴少有不納妾的。」

「我便是。」薛佑琛接著道：「妳若不信，我寫在婚書上。」

「那倒不必。」林舒婉道：「若你納妾，我自請下堂，你放我走就是，可好？」

「我不會納妾的。」薛佑琛斬釘截鐵。

他吸了口氣，接著道：「妳若是不信，好，我便依妳所言。但我不會納妾，妳也沒機會下堂，我偏與妳一生一世。」

薛佑琛凝視著林舒婉，鳳眸中毫不掩飾地顯露出堅定和深情。

林舒婉心裡一暖。

罷了，就試試吧。

她嘆了口氣。「你什麼時候提親？」
薛佑琛喜得從條凳上站起來，他自知事起就沒這麼失態過。
「我這就去請旨。」
「什麼？」
「賜婚。」
薛佑琛解釋道：「前幾日皇上見妳前，先見了我，皇上要論功行賞，我拒了賞賜，用軍功問皇上要了賜婚的旨意，只等妳點頭。」
林舒婉動容。
「我這就去了。」
薛佑琛說罷，轉身就要往外走。
「等等。」林舒婉道。
薛佑琛駐足回頭。
林舒婉道：「天都黑了，你現在為了請個賜婚聖旨去找皇上，也不怕他怪罪？」
「是我著急了，我明日一早就去。」薛佑琛道。
林舒婉笑著點頭。
織雲巷位置偏僻，傳旨的太監一路走，一路問，費了些功夫，才找到林舒婉住的民居。

因為已經知道有賜婚聖旨這事，林舒婉見到太監敲門，也不十分驚訝。

只是當接過聖旨，將明黃的聖旨握在手裡時，林舒婉心裡還是有幾分激動的。

不是因為聖旨代表最高皇權，而是因為聖旨上寫的是她的婚事，這畢竟是她兩輩子頭一次定下婚事。

傳旨太監平日裡多是去豪門顯貴之家，頭一次來民居，渾身不自在，傳了聖旨就立刻走了。

賜婚聖旨傳到織雲巷，雖說織雲巷偏僻，但傳旨太監一路問了不少人，也驚動了一些路人，皇上賜婚薛佑琛和林舒婉，也不可避免地在坊間傳開。

這日傍晚，袁若瑜從衙門裡出來，照舊去了茶館喝茶。

他走進茶館，尚未走到樓梯口，耳邊就聽到有人在說「林相府的林大小姐」。

他腳步一頓，駐足聽那人說話。

「林相府的大小姐當真富貴命啊，出生的時候就是相府大小姐、郡主的女兒，那是多金貴的身分。後來這兜兜轉轉的，官家小姐的身分沒了，可瞧瞧，沒多久又是誥命夫人了。

「什麼叫富貴命？這麼折騰還是個誥命夫人，多少人求都求不來。反觀林相，本來是貧寒出身，走了一遭富貴，結果……嘖，命裡無時莫強求啊！」

另一人說道：「兄臺，話不能這麼說，林相是罪有應得、咎由自取，怪不得命的。」

這人接著道：「至於這林大小姐，我聽說賜婚的旨意是南陽侯去皇上那兒求來的。這南陽侯和林大小姐自小訂了娃娃親，能訂娃娃親，說明兩家交情不錯。說不定南陽侯是看林府沒落、林大小姐可憐，看在兩家交情的分上，才娶了林大小姐。」

先前一人說道：「南陽侯府之前還休了林大小姐，怎麼不顧念舊交情？再說顧念舊交情，也不一定非得成親。」

又有一人說道：「後來不是澄清了嗎？被休是誤會啊，南陽侯府自知理虧，想彌補一二也不一定。」

袁若瑜十分驚訝，驚訝之後，便是了然。

不是南陽侯同情林大小姐，也不是南陽侯府想要彌補林大小姐，而是南陽侯和林大小姐兩人心生情意。

袁若瑜想起在邑州的時候，薛佑琛和林舒婉經常一起出現在工坊。回京後，他們又同時出現在織雲巷的民居中。

是他後知後覺，沒有看出兩人間的情意，直到現在回想起，才意識到他們恐怕早已互生情意。南陽侯去求皇上給他們賜婚也是順理成章。

有情人終成眷屬，自是應當祝福的，只是他心中依舊泛起酸澀之意。

他想起林舒婉說話時唇邊總掛著淡淡自信的笑意。她相貌嬌美，聰慧過人，氣質淡然，一顰一笑都吸引著他，能同她說上幾句話，他就覺得很歡喜。

之前不覺得，現在得知她姻緣已定，心裡又酸又空，他知道他也是心儀她的。

他一直在官場鑽營，又沒有經驗，竟然沒有察覺自己的心意。

可惜現在知道已是遲了。

他的年少慕艾還沒開始就被迫提前結束。

袁若瑜搖搖頭，在官場鑽營果然是他的宿命，他大概與男女情愛無緣吧！

嘆了口氣，袁若瑜走到樓梯口，上了樓。

與此同時，林舒婉去了京城最大的青樓怡春院。

時辰尚早，怡春院還沒有開門，蘇紅袖把林舒婉引到自己臥房的外間雅室。

「林小娘子交辦奴家的事，奴家都辦好了。」

林舒婉坐在玫瑰椅上，從袖袋裡取出一疊銀票，往前遞過去。「我知道，要不然事情也不會這麼順利。謝謝妳。」

「不必客氣，我只是傳個話、跑個腿，辦事的是那被贖到靖北侯府的老姊妹。她吹了幾句枕頭風，得了這許多銀子，也是一樁划算的買賣。」

蘇紅袖接過這些銀票，放到几案上。

「下次有機會，我再把這些銀票拿去靖北侯府給秋芝。」蘇紅袖頓了頓，又道：「對了，妳和南陽侯被賜婚的事，我都聽說了。」

林舒婉淡淡笑道：「蘇姑娘消息靈通。」

「林小娘子別忘了，怡春院裡的消息是最靈通的。」蘇紅袖笑道：「恭喜林小娘子。」

「謝謝。」

離開怡春院後，林舒婉又去了禾澤街的一間民居。

這間民居是林舒婉盤下的，兩進兩出，比林舒婉在織雲巷的民居大了一圈，民居裡安置的是林府的家眷。

林庭訓被定罪後，林府也被抄了家，原本林府的宅子也充了公。

林家家眷雖沒有牽連獲罪，卻無家可歸，林舒婉便把林府的家僕都遣散，把林府的家眷安排在這裡。

西廂房裡，包瑞紅屈膝行禮。

「大小姐。」

林舒婉揮揮手。「林府都沒了，不用這些虛禮。」

包瑞紅卻是不依，認認真真把禮行完了。

「林府在的時候，您是大小姐，我是妾室。林府不在了，我是庶民，您馬上就是誥命夫人。」

包瑞紅心裡清楚，林府剩下的人，包括她和她的兒子，今後都要仰仗眼前這位了。

想到自己的兒子，包瑞紅臉上不由露出笑容。

自從南陽侯帶來的那位太醫給林明宣用了針灸後，林明宣的身子便日漸好起來，現在只要用普通的湯藥每日調養身子即可，身子也開始抽條，人也長高了。

這都多虧眼前這位大小姐。

此一時彼一時，誰能想到從前在林府受盡折磨的大小姐，現在是所有人的依靠。

林舒婉從袖袋中取出一個荷包，放到八仙桌上。「這是這個月所有人的月錢，包姨娘，妳分一分給大家吧。」

包瑞紅接過荷包。「好的，我知道了。」

林家的家眷還剩下三個姨娘、兩個庶女，以及一個庶子，就是包瑞紅的兒子林明宣。

林竇氏的兒子林明勛被林竇氏接走了，並不住在這裡。

這些林府的家眷和林舒婉沒有關係，她本可以不管的，但林舒婉念在他們和自己這具身體有血緣關係，又不忍他們無處落腳、餓死凍死，就出手救濟他們。

林舒婉按照尋常百姓的生活標準救濟他們，庶妹和庶弟每月都給他們例錢，庶妹救濟到出嫁，庶弟救濟到成年。

庶弟、庶妹差不多都十二、三歲，估計需得救濟他們三、四年。

至於姨娘們，三個姨娘都會繡花，林舒婉從織雲繡坊那裡弄了些繡活讓三個姨娘做。

林舒婉給他們這些，可以維持他們作為平民的生活，但想要更好的，就要靠自己。

林舒婉並不住在這套兩進兩出的民居裡，她帶著畫眉依舊住在織雲巷的民居裡。

薛佑琛來提親的時候，也是到織雲巷這間民居來提親的。

提親是向閨閣女子的長輩提親，不過林舒婉生母已故，林竇氏被休，林庭訓在刑部大牢裡等著行刑，林家已沒有她的長輩。

薛佑琛就向林舒婉本人提親。

賜婚聖旨都下來了，提親的禮數也就是走個過場。

媒婆過來，例行公事，把該辦的事辦完，就被薛佑琛打發走了。

本來林舒婉和薛佑琛是面對面坐著的，媒婆走了以後，薛琛挪了個位置，坐到林舒婉的身側。

「舒婉。」薛佑琛喚道。

這是他第一次喊林舒婉的閨名，之前只敢在心裡喊。這會兒他在心裡默唸了幾遍，又在口中將名字細細回味，才開啟薄唇。

林舒婉見薛佑琛喊了她一句後就不說話了。她抬眸看他，只見薛佑琛修長的鳳眸正凝視著自己。

她初見他時，他的雙眸是無波古井、萬年寒潭，如今是一池春水，情意綿綿。

林舒婉淺淺一笑，伸出手指，從桌子底下鑽進他的廣袖，在他的小指上一勾。

一點點的肌膚觸碰讓薛佑琛一頓，猛地反捉住林舒婉的手。

他站起來，又挪了個位置，挨著林舒婉，坐在條凳上。

他不著痕跡地往她身邊微傾，幽幽香氣一絲絲縈繞他的鼻尖，沁入他的心脾，讓他忍不住又往她的方向傾了傾，手也摸到她的腰身。

他沒有用力，手輕輕搭著，感受掌心裡纖腰的弧線。

鼻尖的香氣、眼前的嬌顏、掌心裡的曲線，讓薛佑琛心頭慢慢熱起來，身上的血液也彷佛流動得更快了。

手上終於加上了力，將林舒婉的人往自己懷裡帶。

抱個滿懷。

她的身子當真又軟又嬌，他的胸膛感受到她豐滿的曲線。

薛佑琛喉結滾了滾，再開口時嗓音有些啞。

「我能不能抱抱妳？」

懷裡傳來美人的兩聲輕笑。

「你現在不是抱著嗎？」

薛佑琛抬起頭，將額頭抵住她飽滿光潔的額頭。

「嗯，妳說得是。」

他仔細端詳她的臉，從眉眼一直到紅唇，目光定在唇上。

紅唇厚薄適中，又紅又豔，飽滿水潤，誘人得緊。

未經細想，他已忍不住低頭，覆上她的唇。

她的唇綿軟冰涼，讓他捨不得離開，似乎這微涼柔軟的觸感，才能對他心頭的躁動有所舒緩。

他輕輕貼著她的唇，被她的氣息包裹。

終於忍不住，他張了嘴，肆意品嘗她紅唇的滋味。

薛佑琛猛地抬頭，將林舒婉緊緊抱住，唇貼在她耳畔，聲音越發沙啞。「舒婉，我……」

他頓了下。「快些嫁我吧！」

他直起身，平緩急促的呼吸。

過了許久，他才接著道：「過幾日算好八字，我把算出來的幾個黃道吉日給妳，妳選一個。」

「好。」林舒婉道。

「聘禮已經在準備了。」薛佑琛又道。

「嗳。」

林舒婉點頭應了聲，又道：「侯爺，我想再見我爹一次，我有話和他說。」

「妳想再見一次林相？」薛佑琛問。

「是，只是此事還需你相助。」林舒婉道。

「此事不難辦，一會兒我帶妳去刑部大牢。」薛佑琛沈吟片刻。「只是……」

林舒婉蛾眉輕抬。「怎麼了？」

「妳總是喚我侯爺，聽著著實生分，我名佑琛，妳喚我佑琛，可好？」薛佑琛道。
林舒婉微笑。「好，佑琛。」
女子的聲音沈靜柔和，又帶著幾分婉轉纏綿。
薛佑琛把什麼刑部大牢忘了個乾淨，低下頭尋到她嬌豔的紅唇，微啟著唇就吮上去，繼續剛才沒有完成的行動。
離開唇時，他呼吸有些急，薛佑琛緩過勁來，這才想起答應林舒婉帶她去刑部大牢的事。
「走，我立刻帶妳去刑部，再晚恐怕……」恐怕林庭訓已經被處死了。
刑部大牢在刑部衙門的地下，因為終年不見陽光，所以十分潮濕，又因長年不通風，裡頭的血腥味很重。
又潮又腥的氣息包裹著林舒婉，讓她胃犯噁心。
「若是覺得不適應就出去吧。」薛佑琛道。
林舒婉搖頭。「無妨，就是味道難聞了些。」
「就在這裡了。」
薛佑琛指著一間牢房。
獄卒打開牢門，林舒婉走進去。

林庭訓坐在床上，身上還算乾淨，應該沒有受刑，即便如此，他的模樣看上去也有些慘。雙目中一條條鮮紅血絲縱橫，髮髻零亂，鬢角有明顯的白髮，臉色憔悴發黃，唇角邊有幾條細紋。

雖然沒有受刑，但精神的折磨依舊把林庭訓熬得如此不堪。

林庭訓目光呆滯，看到林舒婉，過了一會兒才反應過來。

他訝異。「舒婉？」

「是我。」林舒婉道。

「來見我最後一面的？」

「來問你一些話的。」

「什麼話？」林庭訓問。

林舒婉說道：「爹，你覺得自己是如何坐到丞相之位的？」

「妳為何要問這個？」林庭訓聽林舒婉問這個，來了精神。「妳爹雖然出身貧寒，但對於公務一直兢兢業業、勤勤懇懇。此外，妳爹也是一介能臣，處理公務自有一套方法。」

林舒婉笑道：「爹是要騙女兒，還是要騙你自己？官場又不是背書，一是一，二是二，靠勤懇或能力就能升遷的。大周官場勤懇的官員不止你一個，有些官員比爹還勤懇。能臣也不止你一個，爹為官那麼多年，總碰到過比爹更有能力的官員吧，他們怎麼沒有升遷？」

林庭訓冷下臉。「妳說這些做什麼？」

「爹心裡應該也清楚，沒有我娘的助力，爹怎可能坐上丞相的位置？」林舒婉道：「爹心裡可有感激過我娘？」

林舒婉頓了頓。「大概從來沒有，還當作理所當然，也許還怨過我娘不夠溫柔小意，還貪心地希望她能對你百依百順吧。」

林舒婉冷笑一聲。「呵，可憐我娘為你做了這麼多。

「我娘去世得早，」林舒婉接著道：「她離世時最放心不下的，大概就只有還小的女兒了。在她離世後，你可曾好好地養育和保護她的女兒？」

林庭訓張了張嘴，答不上話。

「爹，我娘為你付出良多，她去世後，你沒有照顧她的女兒，我娘助你坐上丞相之位，你卻貪得無厭，貪墨朝廷的銀子。

「我娘若是在世，定會顏面無存，受到世人的指責。現在，她在黃泉，若是知道了你的所作所為，大概在後悔為你的付出，怪當初自己瞎了眼。」

林舒婉繼續道：「爹，你對不起我娘。真到了地下，你又有什麼臉見她？」

她頓了頓，最後道：「最後一面我見到了，話我也說完了，我走了。」

說罷，林舒婉便提步往門口走，身後傳來林庭訓壓抑而痛苦的笑聲，帶著自嘲和悔意。

「呵呵呵……呵呵……明珠啊……」

林舒婉搖搖頭，朝等在門口的薛佑琛說道：「走吧。」

林舒婉離開後沒多久，獄卒就端了酒菜進來。

獄卒將托盤擱到牢房的桌上。

「快將酒喝了吧，皇上下的旨，今天就到日子了。」

「鴆酒？」林庭訓問。

獄卒點了下頭算是回應。

「好好，我喝。」林庭訓道。

「那我出去了，一會兒再進來收拾。」

說完獄卒就退出了牢房。

林庭訓就著菜，慢慢地喝著酒。

獄卒再次進牢房已是一個時辰後，林庭訓躺在床上，一動不動，唇角流淌著暗紅的血，已經沒了生息。

大周權臣林庭訓，最終死於牢房。

又過了幾日，薛佑琛到織雲巷來找林舒婉。

「舒婉，八字合下來是大吉，黃道吉日也定下來了。」

兩人一起往屋子走，薛佑琛邊走邊說：「一個是三月十六，一個是五月初五，一個是九月十八，妳看哪個日子好？」

林舒婉想了想。
「現在已是二月，三月和五月都太趕了些，還是九月吧。」
薛佑琛沈聲道：「三月。」
林舒婉笑道：「這麼早啊，趕嗎？」
「不趕。南陽侯府定會將婚事辦得妥妥當當。」
薛佑琛說得擲地有聲，語氣卻不自覺地帶上幾分懇切之意。
他在屋門前站定。「我是有些等不及了。」
林舒婉抬頭，見他目光真誠，心中一軟。
「這……三月總覺得趕了些。」
薛佑琛讓林舒婉選的這幾個日子，是他特地讓人選在近期的。
按理，南陽侯娶妻，訂親和成親隔上一、兩年也正常，薛佑琛私心想早些成親，才把日子定得這麼近。
唯一一個九月的，那也只是應個景，免得太誇張。
其實在他心裡，他就是希望三月成親。情歸於她那麼久，邑州都去一趟了，他確實急著想把人娶回家。
不過剛才聽林舒婉再三問是不是太趕，他的心裡突然猶豫了。
他想起來，林舒婉前一次嫁進南陽侯府時就十分倉促，想她如此重視婚事，連她要被她父親嫁了做續弦時，都不願利用婚事，可見她對此事的看重。

她被迫匆忙嫁了一次，難道還能讓她再匆忙嫁一次？

薛佑琛憐惜地道：「那就五月吧，還有三個月的時間。在這三個月裡，南陽侯府上下都會致力於婚事，妳放心。」

林舒婉對於大婚的形式並不十分看重，她說趕，不是因為擔心大婚來不及準備妥當，而是那麼快就結束單身生活，怕自己心裡沒有做好準備。

聽薛佑琛答應五月成親，她便點頭。「那就五月吧。」

兩人把婚期定在了五月。

這日，裴展充到織雲巷來找林舒婉。

他坐在堂中，喝了一口粗茶，擰了下眉。

「舒婉，妳打算從這裡出嫁？」

「是啊。」林舒婉不以為意地頷首。「林府那院子被充了公，我現在住在這裡，便在這裡成親。」

「不行，妳是我姊姊的女兒，怎麼能從此地出嫁？這織雲巷那麼窄，八人大轎都抬不進來，我這個當舅舅的，怎能讓妳從這裡出嫁？」

裴展充說道：「聽舅舅的話，咱們從北敬王府出嫁。雖然林府沒了，妳還有舅家，妳是北敬王府的表小姐，妳從北敬王府出嫁，也是合情合理的。」

林舒婉對從哪裡出嫁也不甚在意，但是裴展充執意不肯，一定要林舒婉從王府出嫁。

林舒婉拗不過他，想想在哪裡出嫁也無所謂，從織雲巷出嫁是嫁，從北敬王府出嫁也是嫁，就答應了下來。

於是，出嫁的地點就改為北敬王府。

過了幾日，薛佑琛的聘禮到了，這些聘禮都送到了北敬王府的別院。

別院裡本來放置著秀宜郡主的嫁妝，現在加上聘禮，把別院擠得滿滿當當。裴展充便派了更多人手到別院，守護這些財產。

薛佑琛的聘禮一共四十八抬，每抬都沈甸甸的，實打實裝著好寶貝，還有不少古董字畫。

至於剩下的，什麼金釵玉簪、官窯瓷器、珊瑚擺件更是數不勝數。

聘禮原是給長輩的，但林舒婉情況特殊，這些聘禮便都是給林舒婉的。和秀宜郡主的嫁妝一樣，成為林舒婉的私產。

林舒婉看著滿院子的財寶，想到剛穿越來時，衣食沒有著落的困境，十分感慨。

轉眼到了五月。

林舒婉頭上蓋著紅蓋頭，看不清眼前的路，只能低頭看著腳下。

她腳上穿的是牡丹雲頭大紅繡花鞋，鞋面翹起的雲頭上，繡著一朵盛放的牡丹，針腳細密，姿色豔麗，芳華無雙。

鞋子隆重繁複，走起來卻並不吃力，到底是宮裡繡娘做的。

「新娘子，小心著路。」耳邊傳來喜婆的聲音。

「好。」

林舒婉由喜婆扶著，跨上轎子，八人抬的大轎，比她想像中的還要寬敞些，並排坐三、四個人也不成問題。

轎子抬得很穩，只有些微搖晃，並不讓她覺得難受，只是有點睏意。誰教今兒早上她起得太早，天還沒亮，她就被叫起來梳妝打扮。

為了打起精神，不至於在轎子裡睡著，林舒婉掀開紅蓋頭，用手指挑起轎簾一角，朝外面看去。

街道兩旁擠擠挨挨的全是人，個個都伸長脖子朝迎親隊伍觀望。

「這十里紅妝的，究竟是哪家娶親？隊伍這麼長，看都看不到頭，嫁妝都拐了彎了。」

「是南陽侯，南陽侯終於娶親了，聽說都二十多歲了。啊，隊伍轉過來了，瞧瞧，我沒看錯啊，這珊瑚樹真的跟樹一般高。」

「那是什麼箱子，上頭嵌滿了各種彩色石頭？」

「真是開了眼了！」

林舒婉放下轎簾，在轎子裡坐了一會兒，又覺得睏了。

就在她快要熬不住的時候，聽到一聲「落轎」，轎子便穩穩落到地上。

她連忙蓋好紅蓋頭。

少時，眼前的光線亮了一點，轎簾被掀開，隨後從紅蓋頭底下出現了一根紅綢。

紅綢動了動。

林舒婉莞爾，應該是有人抓著紅綢搖晃，示意她抓住紅綢。

她心領神會，握住了紅綢的一頭。

紅綢抽了抽，她便向前走了兩步。

紅綢又抽了抽，她又向前走了兩步。

林舒婉心裡覺得好笑，這感覺是在牽小狗吧？

她從紅蓋頭底下往前看，是一雙男人的大腳，皂靴上繡了大紅的如意雲紋，繡工上乘，一絲不苟。

這雙腳往前走兩步，腳步都帶著春風得意。

紅綢又抽了兩下，林舒婉一勾唇，反方向把紅繩一拉，把紅綢綳緊了。

紅綢另一頭的人明顯一愣，腳步頓住，過了一會兒，才又抽了抽紅綢，不似剛才的得意，這次拉得小心翼翼，帶著幾分試探。

林舒婉輕笑，不再作弄他，跟著紅綢又向前走。

走了一段路，紅綢終於不動了，林舒婉便也立著不動。

三拜天地之後，紅綢又開始抽動。

林舒婉看不清前面的路，就跟著紅綢慢慢走。

走了許久，終於進了喜房。

她由喜婆引著坐到喜床上。

紅蓋頭下突然出現秤桿，隨即，她眼前一亮，視線突然清晰。

驀然出現在她眼前的，就是穿著大紅喜袍的薛佑琛。

髮冠中心一顆鮮豔欲滴的紅寶石，一身大紅喜袍襯得人丰神俊朗，竟如天神一般。沒有了平日因為過於威嚴而給人的壓迫感，整個人都透著讓人沈醉的氣息。

眉眼如畫，鳳眼深邃不見底，裡頭是無盡的溫柔，像是要讓人沈溺其中。

這般風情，這般柔情，這就是她的夫君。

林舒婉覺得暈乎乎的，比方才在轎子裡搖晃得還要暈，以至於周圍人群善意的說笑都沒有在意。

「咳咳咳咳。」

林舒婉聽到幾聲劇烈的咳嗽才反應過來，連忙不著痕跡地挪開眼。

薛佑琛也好似才回過神，臉頰上浮起紅雲，在蜜色肌膚上，紅雲有些違和又十分動人。

周圍的人見這兩人這副模樣，哄笑作一團。

大家怕新娘子皮嫩，便打趣薛佑琛，畢竟平時能打趣他的機會不多。

「哈哈哈，侯爺這副模樣，真是損了平日的英明。」

「現在就這樣，洞房花燭夜怎麼過？」

「人生大樂事。上金鑾殿，也沒見侯爺這般赧色。」

林舒婉正睡得迷迷糊糊，突然被腳步聲吵醒，雙眼正惺忪時，便見薛佑琛站在她面前。她從喜床上站起身來。

「吵醒妳了？我不知妳睡著了，便沒小聲了些。」薛佑琛道。

「無妨，今兒起得早，剛才睏了，就靠著歇一會兒。」林舒婉道：「前頭結束了？他們倒是放過你，沒把你灌醉。」

薛佑琛輕笑。「自然是灌的，醉得腳步不穩，好不容易才走到洞房。一踏進洞房，酒就都醒了，神清氣爽。」

林舒婉心領神會地笑起來。

薛佑琛眉眼柔和，走到桌子邊，拿起桌上的紅綢帶和一把剪刀。「永結同心，結髮為夫妻。」

說罷，他脫下髮冠，從髮髻中拉下一縷頭髮，毫不猶豫地剪下一段。

他走到林舒婉身後。「我幫妳。」

「嗯。」

林舒婉的鳳冠已經摘下，後腦綰著個婦人垂髻，薛佑琛從中挑出一縷青絲剪斷。

他將林舒婉的頭髮和自己的頭髮並排放在掌心，雙手合攏搓了搓，將原本分開的兩束頭髮合成一束。

兩人的頭髮交織在一起，分不清是誰的了。

「這樣便能不分彼此了。」

薛佑琛將合成一束的頭髮打了個結，視若珍寶地放到紅綢袋裡。

林舒婉看得有點怔。

喜婆只告訴她要將兩人的頭髮各剪下一段，放入紅綢袋裡，沒說其他的步驟。他又是搓又是打結，這般認真，是從哪裡聽來的規矩？

薛佑琛沒看到林舒婉略帶驚訝的表情，他小心翼翼地把結髮袋放好，隨後拿起桌上的兩只玉杯。

林舒婉看了眼薛佑琛遞來的酒杯，酒杯裡早已倒好酒，琥珀色的酒水晶瑩透亮，泛出幾點亮光，是紅燭的倒影。

她接過酒杯。

薛佑琛向前一步，離林舒婉更近一些，接著伸出手臂。

林舒婉也伸出手臂相迎。

因為交腕的姿勢，兩人湊得更近，額頭幾乎碰到一起。

酒喝完了，薛佑琛卻沒有要鬆開的意思，他保持著喝交杯酒的姿勢，盯著林舒婉。

她的臉嬌豔紅潤，鬈翹的睫毛在紅燭照映下，在眼下落下投影。杏眼含情，蛾眉橫黛，透著嫵媚的風情。

他放下手臂，將人緊緊抱在懷裡，尋到她的紅唇探入，女子幽香和酒香一同襲來，一股熱氣噌地衝上天靈蓋。

他把她橫抱起來。

林舒婉忽然雙腳離地，頭又暈乎起來。然而，他的臂膀結實有力，穩穩托著她，他的懷抱寬闊溫暖。慢慢地，她找到平衡，環住了他的腰。

薛佑琛把林舒婉抱到喜床上，反身拉下了拔步床的大紅帷幔。

拔步床裡頓時暗下來，紅燭的影子打到帷幔上，燭火搖曳。

薛佑琛轉過身在林舒婉身邊躺好，他單手撐著頭，嗓音沙啞，眼中已盛了春意。

「舒婉，莫怕。」

拔步床狹小的空間裡，旖旎纏綿的氣息流轉。

林舒婉咬著唇嗔他。

薛佑琛見她眼波蕩漾，心裡又是一蕩。

他翻了個身，雙手撐著懸空在她上方，仔細看她的眉眼，在她眉心落下一吻，接著唇下滑貼上她的眼睛、鼻尖，最後停在唇上。

一邊感受她紅唇嬌柔，一邊將手伸到她的腰間，摸索到她的腰帶，輕輕解開。

紅燭搖火，紅帳春暖。

窗外的光線照進來，林舒婉忍不住將眼睛撩開一條縫。

天已大亮，外頭陽光極好，透過窗戶照進來，在地上形成一個拉長的窗櫺影子，繁雜的窗櫺紋樣透著古樸對稱的美感。

林舒婉把視線轉到紅帳上，昨夜入睡前還搖晃著的燭火影子，現在已經看不到了，只有大紅錦緞帷幔透著喜氣。

視線一轉，落在身邊的人身上。

她躺在他臂彎裡，頭枕在他肩膀上。他肌肉緊實堅硬，倒一點也不硌人，反而很舒服。

她看不到他的臉，只看到他下巴處修剪乾淨的青黑色。

她想到昨天紅帳裡，他在她耳邊失了平穩的喘息，以及他滴在她身上滾燙的汗水，臉不由一熱，羞澀地把臉埋進被子裡。

「呵呵。」耳邊傳來薛佑琛戲謔的悶笑。「在被子裡不悶嗎？」

「你醒了啊。」

林舒婉把腦袋探出來。
「你先捂著，我穿好再幫妳拿衣裳。」
薛佑琛穿好衣衫，起身替林舒婉找衣裳。
頭一件小衣便找不到。
林舒婉伸出手臂指了指地上。
「在那兒。」
白玉般的手臂看得薛佑琛眼熱。
「在地上。」林舒婉又道。
薛佑琛大步走了兩步，從地上撿起大紅鎖金邊的鴛鴦繡小衣。
小衣拿到手裡，薛佑琛臉色一變——撕壞了。
「這品質太不耐用了，繡娘製得不好。」
林舒婉嗔他，心裡腹誹，還怪人家繡娘，繡娘做得再好，也禁不起他長滿腱子肉的手臂用力撕扯。
「箱子裡還有。」林舒婉道：「角落裡最上面的那個箱子，你從裡頭拿乾淨的。」
「嗯。」
薛佑琛尷尬地應了一聲，給林舒婉拿來乾淨的小衣。
林舒婉穿好，又費了些時間，待兩人都穿戴得差不多了，林舒婉才喊畫眉進來伺候洗漱。

收拾妥當後，薛佑琛和林舒婉便在旁邊小廳裡吃早飯。

丫鬟、婆子們魚貫而入，端來了十幾盤子花式點心，還有粥和麵，量都不多，但精緻好看。

「等妳用完早膳後，我陪妳在侯府裡轉轉。」薛佑琛放下筷子。

「好，正好我也吃飽了。」林舒婉道。

「那走吧。」

薛佑琛和林舒婉出了屋子，三個丫鬟在小廳裡打掃。

三個丫鬟手裡忙著打掃，嘴裡也沒閒著，嘰嘰喳喳說著話。

「咱們這位新夫人原是聽濤院的三夫人，那會兒在聽濤院被冷落了三年。三爺連見都沒見過她幾面，從洞房花燭夜開始就夜夜睡書房。不想如今到了正院，竟這般受寵。」

「侯爺看夫人的時候，眼睛都是亮的。咱們侯爺什麼時候用這樣的眼神看過旁人，平日一個眼神掃過來，都能把人凍住。」

「你們說，侯爺、三爺和夫人究竟是怎麼回事？」

「還能怎麼回事？夫人因為誤會錯嫁了三爺，三爺和夫人互相不喜。後來三爺休了夫人，如今，夫人和侯爺是有情人終成眷屬。」

「侯爺和夫人是打小訂了親的，那才是天定的姻緣，夫人和三爺那段已經揭過了。」

「我怎麼聽說昨兒夜裡，三爺喝了一夜的酒，喝得爛醉如泥，到現在還沒醒。三爺不是二爺，又不好酒，侯爺大婚，他喝成這樣做什麼？」

「這就不知了。」

「我說主子們的事，咱們就別猜了，萬一被主子們發現，咱們都要倒楣。」

「以後不說了，這兒就咱們三個，多少年的姊妹了。」

丫鬟們在屋子裡八卦，林舒婉自是不知道，她正和薛佑琛一起逛南陽侯府的花園。

時值五月，春花都謝了，但綠意正濃，遠遠看過去，深綠、淺綠層層疊疊，綠海波濤，生機盎然。

有一條小河在花園裡蜿蜒，河裡的錦鯉游得歡暢。

林舒婉看錦鯉正看得開心，手被拉了一下。

「怎麼了？」她問。

「隨我來。」薛佑琛道。

薛佑琛拉著林舒婉的手，在花園裡的石子路上走，繞過幾個涼亭，穿過幾個月洞門，走到一片假山前。

他腳步沒有停，繼續向前走，直到把林舒婉拉進一個山洞。

一走進山洞，光線便暗下來。

「為什麼到這裡來？」林舒婉疑惑地問。

「這裡和林府那個山洞像嗎？」薛佑琛問。

林舒婉左右看了看。

「嗯，大小形狀都像。」

薛佑琛把林舒婉壓到山壁上。

林舒婉蛾眉輕抬。

薛佑琛低頭，輕輕啄著她的紅唇。

從第一次在林府的假山裡見她，他就想這麼做了。

如今終於得償所願。

他心滿意足地抬頭，又覺得不夠，重新捉住林舒婉的手，往山洞外走。

「隨我來。」

「這回是去哪兒啊？」

「回房。」

「……」

——全書完

2019 週年慶 主打星

指定書單單本80元，
任選8本以上每本50元

此區會蓋

子澄《親愛的店長大人》

社區新開了一家浪漫咖啡屋，
店員個個是超級型男，
死忠顧客年齡層從一歲橫跨到八十一歲，
而且通通是女性！
但身為最受歡迎店員之一的潘聿卉，
卻對此有苦說不出——

朱映徽《夫君千千歲》

在繼父的強迫下，
蘇千筠假扮神明附身來騙人賺錢，
或許是壞事做太多遭到天譴，
她竟回到古代、被人圍困！
為了保命，她自稱神女唬住對方，
但他們卻要她嫁城主?!

喬敏《空降男友》

洪炘薇愛情事業兩得意，
還以為自己即將晉升人生勝利組，
誰知先殺出個董事長外甥擋她升職路，
再來個小三斷她姻緣路，
繼職位被搶、男友被搶，
現在連手上的案子也要被搶了?!

梁心《萌妻不回家》

韓明卉在一場夢境裡重溫前世，
記起與他的來世之約，
她不只承載了上輩子的記憶，
也延續著對他的愛情，
但他卻不記得過去的一切，
還把寵愛給了別的女人……

凱琍《小氣王子豪氣愛》

抽獎小天后王妙琪近來流年不利至極，
不但變身楨龜衰女，
連參加喜宴打包剩菜，
都能遇上小氣達人，含恨飲敗。
都怪此男外表古板，搶菜尾卻毫不手軟，
令她望空盤興嘆！
偏偏「孽緣」不只如此……

蘇曼茵《萌上小笨熊》

林俊雅覺得好友一定在陰她，
否則介紹的客戶怎會是他——
像貓般優雅的花美男，
她失聯十三年的初戀兼初吻對象！
他已不再像兒時叫她「小俊」，
每每喊她「俊雅」她就心慌……

◆◆◆ 更多書單請見官網→ love.doghouse.com.tw ◆◆◆

※ 小叮嚀——

(1) 請於訂購後**兩日內**完成付款，最後訂購於**2019/5/31**前完成付款才算有效訂單喔！
(2) 活動期間親自至本社購買亦享有相同折扣，請先電話聯絡確認欲購書籍，以方便備書。
(3) 購書滿千元(含)以上免郵資。未滿千元部分：
郵資65元(2本以下郵資50元)／超商取貨70元，限7本以內／宅配100元。
(4) 特賣書籍因出書時間較久，雖經擦拭、整理，仍有褪色或整飾痕跡，故難免不如新書亮麗。
除缺頁、倒裝外無法換書，因實在無書可換，但一定會優先提供書況較良好的書給大家。
若有個人原因需要換書，需自付來回郵資。
(5) 各書籍庫存不一，若遇缺書情形可選擇換書或退款。
(6) 歡迎海外讀者參與(郵資另計)，請上網訂購或是mail至love小姐信箱
(love@doghouse.com.tw)詢問相關訊息。

狗屋．果樹有權修改優惠活動的實施權益及辦法。

流浪貓狗介紹所

為流浪貓狗加油 和貓寶貝 狗寶貝
廝守終生(一定要終生喔！)的幸福機會

對人來說，貓寶貝狗寶貝只是生活的一部分，
但妳(你)對牠們來說，卻是生活的全部，領養前請一定要考慮清楚——

▲ 小主子誠徵大奴才　黑熊

性　　別：男生
品　　種：米克斯
年　　紀：近5個月大
個　　性：親貓，不太會主動親人，較親熟人；
　　　　　不會主動攻擊，願意被抱抱
健康狀況：身體健康，已驅體內、外蟲
目前住所：台中市太平區

『黑熊』的故事：

在去年的九月，中途誘捕到一隻三花的母貓，也就是黑熊的麻麻。中途本來只打算將牠送往合作的醫院做結紮，卻沒想到牠的肚子已經很大，應該是有懷孕的跡象。中途想，若把這隻三花麻麻原放，牠在外面流浪時生下Baby，對剛出生的小幼貓是件十分危險的事情，於是便將三花麻麻送到他專門照顧貓咪的「貓屋」安置、待產。

過了半個多月的某天晚上，幫忙中途照料毛孩子的志工進貓屋時，發覺三花麻麻自己已經在籠子中生產完了！牠生了一隻三花貓、三隻虎斑貓，而黑熊就是其中一隻虎斑貓。中途說，這四隻小貓還未睜開眼時，就隱隱展現出十足的活力，甚至還為了吃奶而大打出手呢！讓他們都不禁笑了出來。

到了現在，黑熊長大了不少，在個性上有點膽小，很喜歡吃東西，也很愛玩耍。中途表示，黑熊很惹人喜愛，志工們都非常疼愛牠，也都希望黑熊能成功找到一個有耐心，且願意寵牠、愛牠的貓奴！

如果您想帶小黑熊回家，請來信leader1998@gmail.com（陳小姐），或傳Line：leader1998，或是私訊臉書專頁：狗狗山-Gougoushan。

認養資格及注意事項：

1. 認養者須年滿23歲，有穩定經濟能力，並獲得全家人的同意。
2. 須同意簽認養寵物切結書，並讓中途瞭解黑熊以後的生活環境。
3. 同意送養人日後之追蹤探訪，對待黑熊不離不棄。
4. 同意讓黑熊絕育，且不可長期關、綁著黑熊，亦不可隨意放養。
5. 認養者須補貼1,000元之結紮、醫療費用。
6. 為讓中途對您有更深入的瞭解，中途會先有份線上問卷請您填寫。

來信請說明：

a. 個人基本資料：姓名、性別、年齡、家庭狀況、職業與經濟來源等。
b. 想認養黑熊的理由。
c. 過去養寵物的經驗，及簡介一下您的飼養環境。
d. 若未來有結婚、懷孕、出國或搬家等計劃，將如何安置黑熊？

文創風 745

棄婦逆轉嫁 下

國家圖書館出版品預行編目資料

棄婦逆轉嫁 / 林曦照著. --
初版. -- 臺北市 : 狗屋, 2019.04
冊 ; 公分. --（文創風）
ISBN 978-986-328-998-2（下冊：平裝）. --

857.7　　108004218

著作者　林曦照
編輯　王冠之
校對　黃薇霓　周貝桂
發行所　狗屋出版社有限公司
地址　台北市104中山區龍江路71巷15號1樓
電話　02-2776-5889～0
發行字號　局版台業字845號
法律顧問　蕭雄淋律師
總經銷　知遠文化事業有限公司
電話　02-2664-8800
初版　2019年4月
國際書碼　ISBN-13　978-986-328-998-2

本著作物由北京晉江原創網絡科技有限公司授權出版

定價250元
狗屋劃撥帳號：19001626
網址：love.doghouse.com.tw　E-mail：love@doghouse.com.tw